熊雄的故事

刘建 著

百花洲文艺出版社

图书在版编目（CIP）数据

熊雄的故事 / 刘建著. -- 南昌：百花洲文艺出版社, 2025.3. -- ISBN 978-7-5500-6026-5

Ⅰ.I25

中国国家版本馆CIP数据核字第2025MW7609号

熊雄的故事
XIONG XIONG DE GUSHI

刘建　著

出 版 人	陈　波
责任编辑	项玥鸽
书籍设计	张诗思
制　　作	周璐敏
出版发行	百花洲文艺出版社
社　　址	南昌市红谷滩区世贸路898号博能中心一期A座20楼
邮　　编	330038
经　　销	全国新华书店
印　　刷	江西千叶彩印有限公司
开　　本	787 mm×1092 mm　1/32　印张　6.125
版　　次	2025年3月第1版
印　　次	2025年3月第1次印刷
字　　数	100千字
书　　号	ISBN 978-7-5500-6026-5
定　　价	49.80元

赣版权登字 05-2025-18
版权所有，侵权必究
邮购联系0791-86895108
网址http://www.bhzwy.com
图书若有印装错误，影响阅读，可与承印厂联系调换。

序一

习近平总书记在2021年2月20日党史学习教育动员大会上指出:"在一百年的非凡奋斗历程中,一代又一代中国共产党人顽强拼搏、不懈奋斗,涌现了一大批视死如归的革命烈士、一大批顽强奋斗的英雄人物、一大批忘我奉献的先进模范,形成了井冈山精神、长征精神、遵义会议精神、延安精神、西柏坡精神、红岩精神、抗美援朝精神、'两弹一星'精神、特区精神、抗洪精神、抗震救灾精神、抗疫精神等伟大精神,构筑起了中国共产党人的精神谱系,为我们立党兴党强党提供了丰厚滋养。"熊雄同志就是这样一位杰出的代表,他光辉而又短暂的一生,是革命的一生,战斗的一生,为共产主义事业不懈奋斗的一生。他提出的"政治与军事打成一片,理论与实际打成一片""相对服从与绝对服从""革命生死观""黄埔精神是唯物的"等观点,在今天看来仍然闪耀着思想的光芒,必须传承和发扬光大。

熊雄是中国共产党早期无产阶级革命家,是黄埔军校第七任政治部主任、中国共产党在黄埔军校的主要负责人之一,也是我党早期从事军队政治工作和政治教育的杰出代表。1984年8月聂荣臻元帅题词"熊雄烈士永远活在我们心中"。

熊雄诞生于江西省宜春市宜丰县这块红色沃土上,是宜春历史上第一个中国共产党党员。他从小聪颖好学,兼修文武,志向远大。1906年,他还只有14岁,便有"我辈青年应志在四方,不能再作井底之蛙,埋头诗云子曰了"的应时感慨。1911年年初,面对当时内忧外患的国情危局和如火如荼的革命形势,他毅然放弃在南京优级师范学堂的学业,回南昌参加李烈钧组建的江西新军学生军,投身于轰轰烈烈的辛亥革命。辛亥革命胜利果实被袁世凯窃取后,他又先后参加湖口"二次革命""护法战争"和"护国战争",并从当年的一介书生成长为湘军的一位上校军官。1919年年底,他远行欧洲另找救国救民的真理,并在周恩来、张申府等人的引导下,加入了中国共产党,完成了从一个民主主义革命者向共产主义战士的转变。熊雄在

1925年6月回国,开始了他一生最辉煌的黄埔生涯,并于1926年1月升任军校政治部副主任,实际主持政治部工作。其时,黄埔军校政治工作举步维艰,熊雄受命于危难之际,在政治部内进行大胆改革,着力增强中国共产党在军校教员中的基干力量,积极与军校内的右派势力及其思潮展开合法斗争,影响和改造整个军校的工作,推动黄埔军校政治教育工作和政治部工作进入新的鼎盛时期。1926年12月,熊雄被任命为政治部主任,因其坚定的原则立场和高超的斗争艺术,引起了国民党反动派的极大恐慌。1927年4月18日清晨,蒋介石发动"四·一二"反革命政变之后第六天,便将熊雄秘密逮捕入狱;5月中旬熊雄被秘密杀害,时年35岁。他为了中国共产党人的信仰和革命事业,把生的希望留给学生和民主人士,把坐牢杀头的危险留给自己,临危不惧、高压不屈,生命不息、战斗不止,用生命诠释了"革命理想高于天"!

为了弘扬熊雄的革命精神,大力推进红色基因传承,全国红色基因传承研究中心、中共江西省委统战部、中共江西省委党史研究室、江西省社会科学院、中共宜春市委于2022年12月联合主办"熊雄生平与革命实践研究"理论研讨会,缅怀熊雄革命的一生。

熊雄亲属和一批专家学者先后出版了《中国大革命中的熊雄》《熊雄在黄埔》《熊雄传》《从宜丰走出的革命家——熊雄》等专著，使熊雄研究方兴未艾。这次知名学者刘建教授又以文学和史学相结合的非虚构性创作方法，在整理上述研究成果的基础上，深入熊雄家乡和广州黄埔军校旧址采风，经过三年多努力，撰写了本书。

该书具有以下特点：一是突出党史学习教育这个重点，注重把握正确的政治方向，真实还原史实；二是用讲故事的形式展示熊雄波澜壮阔的一生，具有较强的可读性；三是结构严谨，文笔流畅，融知识性、历史性、生动性为一体，让人耳目一新。贯穿该书的一条主线，就是"传承红色基因"，体现了作者的智慧和贡献。阅读该书，可以让党员领导干部、部队军人和年青一代在阅读中充分感受"革命理想高于天"的崇高精神境界。这确实是一本好的党史学习教育书，我很高兴向读者推荐这本书。

是为序。

中共宜丰县委书记　康健
2024年6月7日

序二

刘建先生是宜丰人,但长期在外地工作,在海南省检察院退休后,为尽人子之孝,回到家乡侍奉年迈的母亲多年。在此期间,他仍然笔耕不辍,除继续担任退休前受聘的国内几所大学的兼职或客座教授外,还进行着关于熊雄的研究工作,写出了《熊雄的故事》一书,以此表达他对熊雄的崇敬和赞颂。

熊雄为什么值得后世之人崇敬、赞颂和永远地纪念呢?因为熊雄革命经历丰富,贡献巨大。至于他的经历、贡献,在黄埔军校和中共党内的职务,《熊雄的故事》中有详细介绍,兹不赘述。但是,我想引述他的战友和学生的言论来证明他对于中国革命的贡献和影响。

1984年8月聂荣臻元帅题词:"熊雄烈士永远活在我们心中。"

许光达大将在《熊雄同志略传》中写道:"熊雄同志为争取中华民族之独立与解放,惨遭国民党反革命刽子手的杀害,已九年矣。熊雄的名字,特别在我们早期黄埔同学的脑子中是永远不忘记的。我们将沿着熊雄同志所奋斗的革命道路前进,继承他未完的事业而斗争!"

陈奇涵上将1949年在南昌题:"黄埔政治部主任熊雄同志,他不但是一个马列主义的理论家,并且是一个马列主义的诚笃的实践者。凡属与他接触,特别是受着他的熏陶的人都深深理解他的对于革命的无限忠诚而同深敬仰的。因此,也就引起了反动派的嫉视和仇恨,竟于1927年'四·一五'被捕暗杀,作了党国的牺牲者,他的精神是永垂不朽的!"

宋时轮上将在回忆文章中写道:"熊雄同志在最后生命危急的时刻,也不忘为革命为党的事业做工作,这种大无畏革命精神永远值得我们学习。这也充分表明了熊雄同志对人民群众的无限忠诚和伟大共产主义思想情操,我们永远怀念他!"

李逸民少将在《黄埔军校点滴》中写道:"熊雄说:'我不能随便离开黄埔。我必须听从党中央的命令,因为我是党中央派来军校工作的。军校政治部主任也是国民政府正式委任的。如果要我离开必须召开全校师生大会。我要在会上讲话,光明磊落地离开。你们怎么办?要听区委命令,谁也不能离开。要通知五期中的党员,坚守岗位学习,不要轻易离开。'"

仅凭他的战友、同事、学生的回忆和评价,就足以说明熊雄值得我们永远地学习和纪念。

有人问我,你对熊雄的一生或他的革命精神是否考虑过用比较简短的语言进行概括呢?我用了四句话提炼出熊雄的革命精神:坚定不移的革命信仰,勤恳踏实的工作作风,感天动地的家国情怀,视死如归的英雄气概。我的概括不一定准确,欢迎研究者们指正。

2016年2月2日,习近平总书记在江西井冈山瞻仰革命烈士陵园时说:"回想过去那段峥嵘岁月,我们要向革命先烈表示崇高的敬意,我们永远怀念他们、牢记他们,传承好他们的红色基因。"刘建先生写这本书,正是符合习近平总书记的指示,表达了对熊雄的崇高敬意,是对熊雄的深切怀念,是对熊雄伟大革命功绩的铭记,是对包括熊雄在内的革命前辈的红色基因的传承。

刘建先生所著《熊雄的故事》对熊雄的一生和熊雄对中国革命的贡献作了比较全面的介绍和评述,向广大读者展现了一个非常丰满、十分高大的革命家形象。

这本书在出版前，省委党史研究室组织专家进行了审阅，提出了修改意见，是一部熊雄"信史"，很值得一读。

刘建先生要我写个序，虽感资格不配，但我是熊雄研究会的一员，可以借本书出版的机会向熊雄表达崇高的敬意和深情怀念，于是写了以上文字，权为序。

熊雄研究会会长　熊淼如

2024年7月7日

目　录

一、根在宜丰 / 001

二、少年求学、习武、立志 / 009

三、投笔从戎参加辛亥革命 / 014

四、东渡日本参加中华革命党 / 020

五、为救国救民毅然回国 / 024

六、赴法勤工俭学 / 029

七、留学德国加入共产党 / 047

八、留学苏联成为有坚定信仰的马克思主义者 / 053

九、踏进黄埔参加东征 / 065

十、黄埔军校的重要领导人 / 075

十一、革命军队政治工作的开拓者 / 090

十二、坚持斗争 / 104

十三、广州英勇就义 / 114

十四、情系桑梓 / 127

十五、难忘的记忆 / 135

十六、永远的丰碑 / 165

熊雄生平大事表 / 175

后　记 / 180

一、根在宜丰

江西省宜丰县位于赣西北九岭山脉中段，宜丰已知的人类文明史有6000年之久，是一片古老而神奇的土地。始建县于三国黄武年间，建县距今1800余年，土地面积1935平方公里，人口30万，以"炎凉适宜、物阜民丰"而闻名于世。"七山半水分半田、一分道路和庄园"是宜丰秀美山川的真实写照。宜丰森林覆盖率71.9%，90万亩毛竹像一片绿色的海洋，其中国内罕见的最大的金丝楠木原生态林把红土地装扮得分外妖娆，清代知县陈云章用"此邦水木最清华，一路风光似若耶"来赞美这里优良的生态环境。宜丰人文底蕴深厚，千百年来创造了灿烂的古代和近现代文明，"泥牛入海""抛砖引玉"等40多条成语均出自宜丰，"唐宋八大家"之一的苏辙曾多次到宜丰黄檗山，留下了"黄檗春芽大麦粗，倾山倒谷采无余"的著名诗句。

这里独特的地理环境和人文精神，历代孕育出许多杰出的英雄人物。

宜丰是一块红色的土地。土地革命战争时期，宜丰是湘鄂赣根据地的重要组成部分之一，红色革命根据地面积占了全县总面积的70%，宜丰曾作为修铜宜奉县委和湘鄂赣省苏维埃驻地。宜丰人民在中国共产党的领导下，保卫苏维埃红色政权，为革命根据地的创建与发展作出了不可磨灭的贡献，一大批优秀的宜丰儿女为之献出了宝贵的生命。毛泽东、朱德、彭德怀、黄公略、萧克、滕代远、李达、傅秋涛等领导中国工农红军，在宜丰红土地上与国民党反动派军队进行了艰苦卓绝的斗争，著名的"黄沙大捷"就是开国上将萧克指挥红十七师打败国民党反动派第六十二师、第十八师的一场大战。黄沙大捷，是红军战争史上以少胜多的著名战例之一，已载入中国共产党党史和中国人民解放军军事史。宜丰人民为新中国的建立浴血奋战，涌现出了许多可歌可泣的英雄人物，在宜丰县城南屏公园革命烈士纪念碑上方就刻有978名烈士英名，每一位先烈名字背后都有一段壮怀激烈的故事，其中熊雄的革命英雄事迹就永远镌刻在了中国共产党的百年史册上。

熊雄，学名祖福，谱名镛世，字罴士、披素，号中和、介孙、壮飞、铁血书生。1892年3月11日（清光绪壬辰二月十三日）生于江西省宜丰县芳溪镇下屋村熊氏祠堂西边老屋内。芳溪镇位于长塍河畔，地处宜丰、万载、铜鼓三县通衢，与上高徐家渡、万载卢家洲三地每三天轮当墟一次。这里"背山面水、负阴抱阳"，交通方便，商贾往来，消息灵通，风气开化。下屋村处于村落南边丘陵处，清一色熊姓。一条三丈多宽的小河在村南逶迤而过，三尺多宽的石桥横跨河上。桥东南七口水碓和油榨不时轰鸣，小港两侧数百亩稻田纵横，不远处山坡上松树、油茶树郁郁葱葱。村居东南绵亘百米多长的土堤，樟枫古树参天挺立，堤内一条水渠蜿蜒而过，流水潺潺，数口水塘蓄养灌溉，堤后即熊雄的祖父构筑的新居。

熊雄的父亲熊景星，系清末孝廉方正，过继伯祖父熊裕三为嗣，即一子双祧，母亲邹环贞（宜丰石市镇人），生有四女七子（林珠、春和、士珠、盛珠、清和、平和、中和、致和、谦和、季秋、宽和）。熊雄在男子中排行第四。伯祖父经商做表芯纸生意，逐渐购置了一些田产、山场、商铺，后见孙辈多，又建了一栋四室一厅木结构的书院，取名"培兰书室"。

熊雄就是在这里接受了启蒙教育。

俗话说,三岁看老,一方水土养一方人。一个人幼少时代所受的教育、熏陶决定了其一生的人格。长塍河缓缓地流淌着,芳溪镇下屋村的房前屋后,见缝插针地种着李子树、柑橘树。李子树有些已经长得很高,高出屋檐;有些比篱笆高不了多少,但无一例外地挂满了如翡翠般的碧绿色叶片,挤挤挨挨的叶子下,雪白的李子花开得正好。

院子里,一只母鸡带着几只小鸡正在觅食,两只公鸡站在歪脖子的桂树上,不时伸长脖子叫上两声。"喔,喔,喔!"这时,一个仅3岁多一点的孩子从高高的门槛上灵巧地爬了出来,他圆头圆脑,一双黑漆漆的大眼睛,眼神清澈,他小心翼翼地跨下台阶,在院子里撒起了欢,追着小鸡跑。一边跑,嘴里还一边学着母鸡,"叽叽叽叽"地叫着,逗得小鸡都往他这儿跑,以为有美味可以大吃一顿了。这个孩子就是熊雄,宽敞的院子是他的快乐天地。

他喜欢在院子里追逐打闹,看蓝天、白云;他喜欢在院子里缠着哥哥们踮起脚来摘枝头灯笼似的橘子,被橘子酸得皱眉咧嘴;他喜欢在夏天的傍晚坐在母亲的双膝上,看夜幕下的星星一个一个点亮,听母亲嘴里吐出的故事。然后，在清凉的风里静静地睡去。

　　无论什么时候，只要母亲一个不留神，熊雄便会爬出高高的门槛，到院子里去玩耍。他在杏树下捡到母鸡下的热乎乎的蛋，会惊喜地交到母亲手里，母亲便会煮了蛋，单独犒劳他。他喜欢观察石缝里的小蚂蚁，黑乎乎的，抖着丝一般的触须，一只一只从洞里排了队绕着他的小身子，准确地找到他掉落的饭粒，扛起来就走。每次，他都要一步一步地跟着蚂蚁挪动自己的小身子，小心翼翼，生怕踩到它们。一直到蚂蚁们顺利地把食物搬进巢穴，他才肯离开。

　　渐渐地，对于他独自到院子里玩耍的事，母亲终于放心了。这一天，他到院子里捡拾风吹落的杏花，忽然，一只小麻雀飞来了，静静地落在离他不远的枝头，也不怕人。两双乌溜溜的眼睛对望着，似乎在交流一般。"喂，你是谁？你饿了吗？你是不是飞了好远好远了？"小熊雄一边奶声奶气地问，一边从口袋里掏出几粒炒米，往身后一丢。"扑棱"一声，小麻雀从枝头飞了下来。"噌，噌，噌"，小麻雀几步就跳到了炒米旁，津津有味地吃起来。

　　小熊雄却惊呆了，心里有了一个大大的疑问。顾不上再理会小麻雀，扭着小屁股几步就跑到了朝门里。

他父亲正坐在门墩上歇着,看小熊雄跑得直喘粗气,就问:"孩子,你跑这么急干什么?小心摔着!"熊雄听了,停下脚步,对父亲说:"爸爸,小麻雀怎么这样走呢?"一边说,一边学着麻雀,他双手往后一束,双脚一蹦一蹦地跳了起来。"小鸡却为什么这样走呢?"他又学着小鸡的样子,一步一步跨了开来。

父亲听了,一把抱住熊雄,笑着叫:"好孩子,你观察得可真仔细呀!小鸡和麻雀走路确实不一样呢!小鸡是一步一步朝前走,小麻雀却是双脚一跳一跳地往前跳着走呢。"

熊雄扯着父亲的袖子,兴奋地说:"爸爸,爸爸,那带我再去看麻雀走路吧!"父亲心想:"熊崽这么小居然就有这么强的观察力,说不定今后会有大出息呢!"

他抱起儿子,兴奋地朝李子树下走过去……"扑……"小麻雀听见脚步声,一下子就飞上了围墙。在围墙上,小麻雀一蹦一蹦地跳着,一双乌溜溜的眼睛直直地看着小熊雄。"快看,快看呀!爸爸!"小熊雄指着小麻雀,惊喜地望着父亲……

熊雄童年成长的地方,宜丰芳溪下屋村是宜丰的大村落,是宜丰著名的"三个半屋场"之一,村落历史源远流长，文化积淀深厚。相传，始祖熊友诚，湖北江陵人，是元朝末年与朱元璋争雄的陈友谅的部将。因陈友谅兵败鄱阳湖口而逃匿至此，见一荒塘便隐居下来，历经600多年的繁衍，熊氏已成为宜丰的望族。村民皆出自宜丰县城大姓"熊胡蔡漆"之一的熊姓。按照芳溪熊氏的世次排行，"仔楚良洪，裔秀天友，彦凯俊畿，英腾臣汝，夫维元善，崇寿景福，世承光大……"从始祖熊仔一世排下来，到熊雄这一代，是第二十五世孙，"世"字辈。他在与家人和友人的信函中，署名较多的是"雄"或"披素"，而写文章发表时，也会用笔名"熊熊""壮飞""铁血书生"等。

熊雄妻子卢桂华，江西万载卢家洲人，与熊雄成亲后聚少离多，曾生下一男孩，但不幸夭折，妻子也于1921年亡故。

熊雄祖父熊瓒景，乳名瓒辉，伯祖父熊裕三，号明辅。

熊雄的根在宜丰。芳溪镇下屋村在金桂、翠竹、香樟的环绕下，一栋栋清代砖木结构民宅静静矗立，空气清新，杂花生树，绿意盈野。现熊雄故居系一栋具有清代建筑特点的砖木结构民房，正屋进深为一栋一寝，六扇五间。寝堂两边有小天井及侧厅，四周为砖砌封临高墙，两侧有通巷及配屋，至今还保留着熊雄成长的印记，厅堂宽敞，清静凉爽。保留完整的樟木箱、竹斗笠、书桌、木床、钢琴等，都见证了他的出生成长，以及成为大革命时期中国革命舞台上的一个风云人物。

二、少年求学、习武、立志

熊家历来注重武功，好打抱不平，爷爷熊景星就曾经因公评理涉及官司损尽家财，家道从此败落。为了使儿女立世有方，熊雄的父亲和祖父特在正屋的一侧建造了一栋书屋，叫"培兰书室"。"培兰书室"早熊雄42年就有了，"培兰书室"是个私塾。"培"就是培养，"兰"就是读书人的一种境界，冰清玉洁，洁身自好，正人君子。童年时代，父亲请来塾师和武师，在书室教授子弟学文习武。儿时熊雄随大哥在"培兰书室"读书习武，还会弹钢琴。书院门前翠竹一丛，掩映琅琅读书声。先读《三字经》《千字文》《弟子规》，接上读"四书五经"。熊雄尤喜欢历代英雄和忠贞之士，并抄录田横、项羽、杜甫、刘伯温、石达开、文天祥、秋瑾等人的诗词100多首，编为《古今诗录》，时常吟咏。他读书认真，写字一丝不苟，年幼时练了二王帖，隶书的功底也很深，成为塾师十分赞赏的好学生。

自古英雄出少年。追忆熊雄的少年岁月，他一边学文，一边习武。当时瑞州府管辖的范围内，普遍推行"字门拳"。这门拳术非常独特：徒手练习摧、残、援、夺，身段练习纵、跳、越、扑；器械练习扁担、棍子、凳子和刀、矛。熊雄不但文学得好，武也练得好。他外表文质彬彬，动作却十分敏捷、稳重、大方、有力。有一次，他面对纵向排列的两张八仙桌，一跃而过。乡亲们见了不住地夸赞："将来必定是位文武双全的人才。"

熊雄忠厚耿直，从小聪颖过人、敬老爱幼、崇尚气节，富有正义感和进取精神，培育了"身心一体、家国同构"的爱国主义思想。平时待人接物谦虚冷静，观察事情谨慎认真。一个酷暑午间，他在新屋大门石墩上休憩，忽见一只麻雀垂下双翼，避着炎阳向他踱步走来，他将这一世人不易察觉的现象告诉母亲，母亲夸他"看事清楚"。一个寒冬深夜，他和二哥三哥同睡书院右边卧室，一小偷在室东木板墙下挖土打洞进入室内，取走他二哥身上的盖被，再来偷熊雄身上的盖被时，他惊起大呼"有贼"，小偷闻声仓皇逃走，事后父亲称他"处事稳重"。

清末新政，废除科举，大兴新式学堂。1907年春，时年15岁的熊雄与26岁的大哥熊春和二人，同时考取了江西瑞州府中学堂（当时宜丰县归瑞州府管辖，学堂和州府旧址在今高安市内），成为整个芳溪下屋村的大喜事，被乡誉为"一门双星"。开学离开村里的那天，父母和村里乡民们都来送行，对熊雄和熊春和寄予厚望。中学堂设有国语、算术、自然、音乐、图画等科目，熊雄开始接触自然科学和新思想。他以极大的热情，如饥似渴地学习各种知识，打开了视野，接触了许多先进的事物。由于刻苦加勤奋，学习成绩进步很快。他手抄《古今文苑》，抄录赞颂刘邦、项羽、韩信等人的诗词，以及文天祥、石达开等人的诗词，还有《从军》《壮士行》等抗敌卫国的诗篇，并作了学习笔记。课余，他在一块一尺长两寸宽的竹片上刻写唐代诗人王昌龄《芙蓉楼送辛渐》中的著名诗句"一片冰心在玉壶"，字迹雄浑有力，充分表达他的胸怀和志气。

有一次，熊雄和几位同学外出买书，返回途中，看见一个军官在殴打卖菜的老农，熊雄立马上前大声叱喝："住手！"那军官见是几个乳臭未干的毛头小子，根本不放在眼里，不以为意地用枪指着熊雄说："小子，别多管闲事！"看到枪，旁边的一个同学有点胆怯了，对熊雄小声说："我们别管了吧！"熊雄不为所动，凛然说道："你凭什么打人？""就凭老子手里的枪。"军官吊儿郎当地说。"不许无缘无故打人！"熊雄说罢，以迅雷不及掩耳之势，一脚踢飞了军官手里的枪。那军官见状，吓得赶紧一溜烟地跑了！熊雄扶起了老农，关心地问道："老伯，你没什么事吧？"然后与同学们一起帮老农捡起地上的菜并送老农回家了。

1909年冬，三年的中学学习结束，熊雄以最优等成绩毕业。在这种新式教育中，熊雄逐渐成长起来，不仅丰富了知识，而且开阔了眼界，升华了理想。

熊雄所处的少年时代，正值中日甲午战争之后，西方列强用坚船利炮打开了中国的国门，中国日渐沦为半殖民地半封建的国家，国家内忧外患交迫，社会矛盾日益加深的时期。1904年，在江西宜丰棠浦，为反抗法国天主教传教士放纵教民欺压百姓，1000多个乡民树立起"官逼民反"的大旗，遭到清廷乱捕滥抓。知县江召棠为调解民教纠纷，后来在南昌被法国传教士刺杀。这一血案后演变成轰动全国的"南昌教案"。清廷为讨好法国人，不惜丧权辱国，将参与反教的宜丰人龚栋等六人杀害，并接受法国人全部的无理要求，签订《南昌教案善后合同》，赔偿白银45万两。这血淋淋的事实，使熊雄萌生了救国救民，使国家强大的革命思想。熊雄受到新思潮的洗礼，具有与旧式士子完全不同的知识结构、人生理想与行为取向，走出了热衷个人功名利禄的狭小心胸，转为救国救民心怀天下的情怀。1906年重阳节，熊雄面对内忧外患，人民饱受欺凌的局面时，在下屋村青云塔上对几位兄弟讲："我辈青年应志在四方，不能再做井底之蛙，埋头诗云子曰了。"这种胸怀大志，为他以后同情、支持和参与民主革命奠定了思想基础。

三、投笔从戎参加辛亥革命

1910年熊雄与江西万载卢家洲卢桂花女士结婚。同年熊雄报名参加考试,考取了南京优级师范学堂,前往南京求学。此时已是清王朝覆灭的前夕,革命浪潮一浪高过一浪。熊雄有感于清王朝日益腐败,备受帝国主义列强欺凌,明白要挽救国家民族的危亡,必须参加革命。因此,熊雄再也无法安心读书,1911年春在南京优级师范学堂只学了一年的熊雄中途辍学,弃学从戎,回到南昌,报名参加了李烈钧领导的江西新军学生军,成为江西新军学生军中的一员,从此熊雄热诚参加孙中山领导的民主革命事业。这是熊雄人生道路上的一次重大转折,他放弃了舒适的学生生活,放弃了富裕的家庭环境,而选择了一条充满危险的救国救民的从军之路,彰显了他的家国情怀。

李烈钧(1882—1946),字协和,号侠黄,江西武宁人,日本陆军士官学校毕业,1907年加入中国同盟会,追随孙中山。1908年回国后任江西混成协第五十四标第一营管带。1909年赴云南任讲武堂教官兼兵备道提调。1911年10月23日,辛亥革命九江起义成功,李烈钧转赴九江,被推为总参谋长,不久任海陆军总司令,是中国近代著名的民主革命家。

辛亥革命发生于1911年至1912年年初,目的就是推翻清朝专制帝制,建立共和政体,是一场全国性革命。1911年夏,湘、鄂、粤、川等省爆发了保路运动,运动在四川尤其激烈。当年9月25日,四川荣县独立,成为全国第一个脱离清王朝的地方政权,把保路运动推向高潮。10月10日晚,新军工程第八营的革命党人熊秉坤打响武昌起义的第一枪。它是中国历史上一次伟大的资产阶级民主革命,具有重要的历史意义。

汉阳和汉口的革命党人分别于10月11日夜、10月12日攻占汉阳和汉口。起义军掌控武汉三镇后,湖北军政府成立,黎元洪被推为都督,改国号为"中华民国"。1912年元旦,孙中山在南京就任临时大总统。武昌起义后,各省革命者纷纷响应。江西新军与陆军小学、武备学堂、测绘学堂中一批富有革命思想的青年也宣布了起义,李烈钧领导的革命军从顺化门越过城墙进入南昌城内，攻占了抚台衙门，南昌得到光复。熊雄与宜丰人蔡锐霆率领的起义军参与了这次攻占南昌的战斗，11月2日南昌宣布独立，脱离清廷。南昌光复后，江西省议会选举李烈钧为省都督，电请临时大总统孙中山任命。1912年3月19日，李烈钧正式就任江西都督。李烈钧上任后，积极整顿军事、政治和经济，对驻省的军队进行了整编，学生军改成了学兵团，熊雄成为学兵团领导者之一。

南昌章贡城门下，李烈钧身着威武的都督服，在众人的簇拥下，骑着高头大马，从南昌章贡城门口进城，后面跟着整齐的军队。城门口，百姓高呼："共和万岁！""中华民国万岁！"熊雄领着学生军也在列队欢迎，李烈钧挥手向人们招手致意。

然而不久之后，辛亥革命的胜利果实被北洋军阀袁世凯窃取。袁世凯倒行逆施，肆意妄为。1913年3月，袁世凯指使人暗杀了主张民主宪政的国民党人宋教仁，接着又向英、法等五国银行签订了巨额善后借款，准备消灭革命势力。5月5日，李烈钧与湖南都督谭延闿、广东都督胡汉民、安徽都督柏文蔚通电，反对袁世凯倒行逆施的行为。袁世凯恼羞成怒，下令免除了李烈钧江西都督职务。李烈钧离任后前往上海，与孙中山、黄兴等人策划武力反袁，推举李烈钧为讨袁总司令。7月上旬李烈钧由上海回到江西湖口，李烈钧在湖口成立讨袁司令部，并就任总司令，蔡锐霆为副总司令，李随即宣布起义，发布讨袁檄文，通电全国，安徽、江苏、广东、福建、湖南、四川六省相继响应，"二次革命"正式开始。

1913年7月，熊雄参加湖口起义。这是江西籍将领李烈钧、杨赓笙在孙中山动员下，于7月12日在湖口县发动的讨袁起义，打响了"二次革命"第一枪。

熊雄是学生兵团的中坚人物。熊雄所在的学生兵团正驻守在湖口石钟山，湖口讨袁的战斗打响后，他热血沸腾，斗志昂扬，自号"铁血书生"，表达了他崇尚武力讨袁、保卫共和政体、为国牺牲的坚定决心。在战斗的间隙，他抄录了当时流行的《从军乐》《击军歌》和《祈战死》等革命歌曲，教战士们唱，鼓舞士气，激发斗志。现在能查阅到的熊雄手书《从军乐》歌词是："亚东民国大国民，赫赫同胞轩辕孙；祖国之流泽长且深，祖宗之遗念远且存。保国保种保我家庭，尽我天职献我身；枪林炮雨仇莫忘，大敌当前我军壮。横刀向天人莫当，国民侠骨有余芳；国旗翻飞正当扬，五色灿烂风飘荡。祖国千秋万岁之金汤，增我国民之荣光。"

歌声抒发了熊雄为拯救中华民族而战的豪情,又鼓舞了学兵团奔赴战场英勇作战,与敌人进行殊死的战斗。他的这些行动,赢得了大家的称赞。熊雄后来同他三哥平和谈及一件趣事,即他在石钟山上站岗放哨,不敢有丝毫懈怠。一个月夜,万里清晖,他向山下杂树丛中小便时,突然蹿出一只野兽,为执行军纪,他没有开枪,只见这只野兽徐徐而行,不时回首向他张望,天上明亮的月光,照出来的却是一只斑斓猛虎,熊雄没有一点惊恐,安静地看着它离去。他说,这是他第一次在山野间看见活的老虎。

江西讨袁军任命林虎、方声涛为左右翼军司令。7月23日,袁世凯派李纯率大军在瑞昌与讨袁军展开激战,可惜李烈钧未能协调左、右两翼的行动,讨袁军自开战之日起只经过了五天,左右两翼的进攻先后遭到挫败,失去了战争主动权,在敌强我弱、兵力悬殊的情况下,熊雄率军进行了顽强抵抗,终因敌我力量悬殊,败退撤至南昌。8月中旬,形势对讨袁军极为不利,败局无法挽救,江西讨袁宣告失败。熊雄于是决定随李烈钧出走。随后,熊雄在家乡宜丰友人的资助下,筹款120银圆,随李烈钧、林虎残余军队撤至赣湘边区，辗转至湖南，怀揣对理想的向往和追求，艰辛探索，跟随李烈钧、蔡锐霆等人流亡日本。

蔡锐霆（1883—1915），江西省宜丰县人，中国近代民主革命家。1901年组织革命团体"我群社"，旨在灭清扶危。1906年加入中国同盟会，1907年赴日本陆军士官学校留学，与留日学生倡言革命。回国后，在南昌发起成立江西共进会，当选为理事。1911年10月武昌起义爆发后，蔡锐霆组织光复军攻克新昌、瑞州。1913年"二次革命"爆发，蔡锐霆等人联名草檄讨袁。二次革命失败后，蔡锐霆前往日本，以图再起。1914年加入中华革命党，同年底奉孙中山先生之命，潜回上海，拟在长江中下游发动武装起义，不幸事泄，被法国巡捕逮捕。袁世凯重金引渡，1915年1月18日蔡锐霆英勇就义，年仅32岁。

四、东渡日本参加中华革命党

"二次革命"失败后,袁世凯下令解散国民党,撤销国民党籍国会议员的资格,随即解散国会及各省议会,通缉"二次革命"参加者。孙中山、黄兴等人也被迫逃往日本。李烈钧和宜丰革命党人蔡锐霆兄妹、学兵团熊雄等1000余人均亡命日本东京。1913年秋到1916年春,熊雄在东京学习和生活了两年多。21岁的熊雄,在日本认识了孙中山,孙中山对熊雄在湖口的讨袁行动十分钦佩。

当时,"二次革命"的参加者及国民党员纷纷逃亡海外,以日本居多,江西讨袁的李烈钧、林虎、方声涛、李明扬等人也来到东京。他们不仅精神上受到极大打击,而且经济上也极为拮据。熊雄等一些人不得不自食其力,在东京街头卖报纸为生。对于这些逃亡人员的生活和前途,孙中山先生甚为关注,他派居正、陈其美、廖仲恺等人调查统计逃来日本的革命党人士，为他们解决生活困难。

寓居东京的孙中山，远见卓识，鼓励同志愈挫愈勇，再接再厉继续奋斗，派居正、陈其美、廖仲恺等人分别会见来日同志，并和黄兴、李烈钧等人总结"二次革命"的得失，认识到：一是国民党缺乏严密组织，无法统一意志，于是才有中华革命党之筹建；二是党内缺乏革命专门人才，于是这才有后来创办的军事学校、政治学校和航空学校等三所学校。

开办军事学校是孙中山、黄兴、李烈钧来日本后做的第一件大事。鉴于日本政府与袁世凯勾结，在日本的中国革命党人均受到日本政府的严密监视，孙中山便请日本友人青柳胜敏出面申请办学，开办了浩然庐军事学校，学员均由孙中山亲自挑选，并由黄兴、李烈钧等人负责筹措经费。

1913年冬末，在离东京约10公里的大森区新井宿开学的军事学校，大门外悬挂"浩然庐"的牌子，以示掩护。所以军校又称"浩然庐军事学社"。这是中国革命政党第一次创办培养革命军事人才的学校，也是革命党训练党员的一个开端。熊雄、吴先梅、胡景翼、李明扬、陈铭枢、蒋光鼐、施方白、钱大钧、周贯虹、殷汝耕等145人是第一期学员。由于种种条件的限制，这所军事学校也只办了一期。

浩然庐校舍是临时修建的，入校学员全部在校膳宿，每人每月还发15元零用钱。所学课程纯为军事方面的，如攻防战、行军布阵、射击投弹、拼刺拳击等，采取理论与实战结合的授课方式。各课教师除筑城学教师周应时和日语教师殷汝骊外，全部是日本士官学校的日本籍教师。各课程教材也是全部采用日本士官学校的教材。孙中山、黄兴、蔡元培、胡汉民、陈其美及日本左派人士寺尾亨、头山满等也到校为学员演讲。

重新建党是孙中山来日本后做的一件重要大事。新的名称为"中华革命党"，接受誓约并履行手续的王统等人为中华革命党的首批党员。

浩然庐军事学校开课不久，在校全部学员都立誓言参加了孙中山创建的中华革命党。至1914年5月止，先后加入中华革命党的人员达到四五百人。5月10日，孙中山在东京创办《国民》杂志，作为中华革命党的机关刊物。7月8日孙中山在东京召开第一次大会，到会的有8个省逃亡日本的革命党人及浩然庐军事学校的全体学员，到会者300余人。会上正式宣布中华革命党成立，通过了孙中山手书的《中华革命党总章》。

孙中山当场立誓加盟,并就任总理职务。

《中华革命党总章》提出了党纲,明确规定以实行民权、民生两主义为宗旨,以大扫除专制统治、建设完全民国为目的,继承了中国同盟会时期的民权、民生主义的革命内容;同时把推翻袁世凯专制独裁统治,建立一个新的民主共和国作为党纲的重要内容。

孙中山鉴于革命党软弱涣散,决定重新改组中华革命党,要求在党章中,规定党员入党必须立誓对领袖绝对服从,并在誓约上加盖手模。熊雄沉着稳健地按下了手模,立誓效忠孙中山先生,视孙中山先生为自己的精神导师,献身孙中山先生的革命事业。

熊雄加入中华革命党后,精神为之一振,因为《中华革命党总章》提出的党纲为革命指明了方向。中华革命党是他加入的第一个政党组织,这也是一个具有民主革命性质的政党。1919年10月10日,中华革命党正式改组为中国国民党。国民党之前再加上"中国"二字,以区别于民国初年的旧国民党,而直接由中华革命党改组而来。

在日本熊雄进一步学习了孙中山的民主共和思想,对资产阶级革命有了深刻的认识。"二次革命"之后,孙中山看清了袁世凯的反动面目,即从日本回国,展开武力讨袁。

五、为救国救民毅然回国

甲午战争后，资产阶级改良主义从一种社会思潮变成要求学习西方资本主义，要求变法维新，走西方资本主义道路的资产阶级改良运动。与此同时，一部分精英知识分子推崇日本明治维新。熊雄在日本学习两年多后，对日本资本主义制度有了切身体验，加上中国人对历经外侮的历史悲情浓烈，激起救国救民的强烈欲望，受孙中山先生的影响，他毅然决定回国。

狡猾的北洋军阀头子袁世凯采用两面手法，一面挟制清帝退位，一面胁迫孙中山让位，阴谋窃取辛亥革命的胜利果实。1915年12月袁世凯宣布称帝，改国号为中华帝国，建元洪宪，史称"洪宪帝制"。这种行为激起了全国人民的强烈反对和抗议，引发护国运动。中华革命党成立后，立即投入反对袁世凯独裁统治、重建民国的斗争。孙中山在1915年至1916年间相继发布了《讨袁檄文》《讨袁宣言》《第二次讨袁宣言》，号召铲除帝制，维护约法，恢复国会，重建民主共和国。中华革命党发动了一系列武装反袁斗争。流亡日本的革命党人和浩然庐军事学校学员纷纷回国，参加孙中山领导的护国、护法斗争。

在这场护法斗争中，1916年年初，激情复燃的熊雄，从日本回到国内，开始在李烈钧护国滇军中工作，后转战到湖南一带作战。

熊雄回国前夕，1915年12月25日，唐继尧、蔡锷、李烈钧通电全国，反对帝制，宣布云南独立，史称"云南护国起义"。这一天，唐、蔡、李在昆明各界人士大会上发表演说，宣传独立的意义，高呼口号"誓与民国同生死！誓与四万万同胞共生死！拥护共和！反对帝制！中华民国万岁！"等。

大会之后，组织了护国军。以蔡锷为第一军总司令，进军四川；李烈钧第二军总司令，进军湖南；唐继尧为都督府都督兼第三军总司令，留守云南。程潜为湖南招抚使，被推为湖南护国军总司令，熊雄编在李烈钧的第二军，参与作战。

李烈钧率第二军于1916年2月20日从云南蒙自出兵，抵达富州、广南前线与粤军龙觐光部接火，经过三昼夜血战，粤军大败，护国军收复龙潭，巩固广南。这就是护国战争史上著名的"龙潭之役"。之后，贵州、广西相继宣布独立，蔡锷的第一军出兵四川也取得重大胜利，袁世凯的三路攻滇计划失败。

在护国军节节进攻和全国一片反对帝制的声浪中，3月22日，袁世凯被迫宣布撤销帝制，仍居大总统位。6月，袁世凯因病不治去世，由黎元洪继任大总统，宣布恢复《中华民国临时约法》和国会。

1916年下半年，程潜以湖南护国军总司令的名义由云南到达湖南。大约就在此前后，熊雄转至湖南护国军总司令部工作，出任上校参谋。

1917年7月，张勋复辟阴谋被粉碎后，段祺瑞以"再造民国"元勋为借口再次出任国务总理，掌握北京政府实权。段政府一方面拒绝恢复被张勋解散的国会和《中华民国临时约法》，一方面积极推行"武力统一"政策，力主对南方用兵。1917年9月，孙中山联合西南独立各省，成立护法军政府，形成了南北政府对峙的局面。

为了维护《中华民国临时约法》，恢复国会，打倒北洋军阀专政的虚伪共和，孙中山发动了护法战争。熊雄随军先后奋战于广东及湖南的株洲、衡阳、耒阳、郴州一带，由于带兵指挥有方，被大家公认为年轻有为的上校军官。

1919年初夏，湘军总司令程潜被军阀赵恒惕逼走，其部队被湖南督军兼省长谭延闿接管。谭与熊雄早就相识，接任湘军总司令后，即送来委任状，希望熊留下，仍任上校参谋。但此时的熊雄在多年的戎马生涯中，亲眼看到了军阀割据连年混战，帝国列强肆意宰割，国家民族陷于水深火热之中，黎民百姓遭受莫大苦难的情景，心中十分迷茫而又无可奈何。一个暮春的黄昏，他写下了一首七绝诗："山外青山楼外楼，夕阳无限使人愁。更怜遍地烽烟起，空地苍生泪不收。"表达了熊雄满腔忧思天下百姓的情怀，思考救国救民出路的思想，他渐渐萌生离开湘军的念头。

熊雄在湘军中工作前后达三年之久。熊雄从日本归国后，曾回家省亲一次，看望年老的父母。但因军务缠身，来去匆匆，此后再也没有回过故乡，仅不时写来书信，通报军旅生活，寄回一些薪饷帮助家需。偶尔，他的兄弟亲友顺道到他的驻地探望，叙说离情。可以说，熊雄为了寻找、探索改造中国社会的新路，真正是抛家别亲，全力以赴。

一天，林伯渠和熊雄并肩而行，熊雄向林伯渠请教："林先生这次出洋，见闻一定不少。"林说："是啊，感触颇深。十月革命俄国劳苦大众，在列宁领导下夺取了政权，建立了自己的国家。我常想我们的国家，从辛亥革命到现在七八年了，中山先生苦争苦斗，为什么建立共和老就实现不了呢？"熊雄说："我也常会想这个问题。"林答道："我相信目前这种状况，总会有结束的一天，真正的共和一定会建成。"路旁，广州军政府接林伯渠的人来了，熊雄举手敬礼，恋恋不舍。

当时，孙中山领导的三次反对北洋军阀的斗争以失败而告终。中国资产阶级由于其自身的软弱性和妥协性，难担彻底反帝反封建的革命大任，时代呼唤着新的领导阶级、新的政治精英。反思自己七八年的戎马生活，熊雄对"所做的这些事很不满意，达不到他的目的"，他对资产阶级民主革命的认知提高到了一个新的层面，认识到旧式民主革命不能救中国于水火，需要寻找新的革命出路，便把目光投向欧洲。

六、赴法勤工俭学

20世纪初,法国科学技术和社会科学都走在世界的前列。当时很多年轻人把法国当成梦想的摇篮。留法勤工俭学运动是中国近代史上的一件具有深远影响的大事,为有志改造中国的青年提供了探寻真理、解放思想的途径;它也是中国共产党早期建立和发展史上的重要一页,造就了一批日后对中国革命事业有很大影响的骨干,他们好比火种,逐渐形成燎原之势。

早在1912年年初,李石曾、吴玉章、吴稚晖、张继等人在北京发起组织"留法勤工俭学"运动,鼓励人们以低廉的费用赴法留学,目的在于"输世界文明于国内",以改良中国社会,从而拉开了"留法勤工俭学"运动的序幕。为了寻找救国图强、改造中国社会的道路,大批青年投入了赴法勤工俭学运动,以官费或私费资助的方式出国留学。当时国家还组织了华法教育会，由蔡元培任会长，负责留法勤工俭学的事宜。

在1919—1920年，全国先后共有21批1843人赴法勤工俭学。他们来自全国18个省，大多是16岁至30岁的青年，其中年龄最大的蔡和森的母亲葛健豪，赴法时已经54岁。他们到法国后，有的先工后学，有的先学后工，有的边工边读。当时的口号是"勤于做工，俭以求学"，他们进入巴黎各地30多所学校，其中多是首先补习法文，然后进入工业实习学校及其他学校学习。

俄国十月革命一声炮响，给中国送来了马克思主义。1918年7月至1919年1月，以陈独秀、李大钊等为代表的先进知识分子，在中国宣传马克思主义，使新文化运动进入了新阶段。受"五四"运动的影响，熊雄非常喜欢阅读《新青年》等进步书刊，十分赞赏时任北大校长的蔡元培先生"循思想自由原则，取兼容并包主义"主张。熊雄经过一段时间的思考，决定再次走出国门，赴法国勤工俭学，他做出这个决定应该是下了很大决心的，意味着要放弃优裕的上校军官生活，去过艰苦贫寒一边打工一边求学的普通学生生活。尽管谭延闿热情挽留，熊雄毅然辞去湘军上校参谋职务，带着放眼世界的想法，于1920年赴法求学。

就在熊雄确定要去法国留学之时，他的三哥已离开军队，考取了广东韶关讲武堂（又称云南讲武堂韶关分校，负责人为驻粤赣湘边防军务督办李根源）一期，并告知熊雄"二期即将招生"。于是，熊雄即去信家中，望双亲安排弟侄来韶关就读。不久，他们的七弟宽和（17岁，比熊雄小10岁）和大侄承武（16岁，大哥春和长子）一同来到熊雄的驻地——湖南郴州，准备前去广东韶关应考。韶关讲武堂只办了两期，二期还有陈奇涵、王根僧、童陆生等人。熊雄陪同七弟、大侄来到韶关，亲人们欢聚一堂共话离情，同时筹措路费，准备行装。这时他仅有湘军发的几个月薪饷，好友林修梅（林伯渠堂兄、湘军师长，时在湘南郴州一带屯垦）闻知熊雄赴欧留学，便予以资助。熊雄在韶关稍事休息后，即去广州办理出国事宜，并于同年12月取道香港搭乘外轮去法国，探索改造中国社会的新路。

熊雄所乘外轮自香港启碇后，途经南洋各商埠，穿马六甲海峡，进印度洋，停锡兰岛，继续西行，入红海，航苏伊士运河，达地中海……沿途异域风光，港口奇特建筑，当地民俗风情，使他增长了不少见识，尤其是土耳其人民反抗外国侵略者的民族民主运动给他的印象很深。这一个月的海上航行生活，同船的赴法勤工俭学同学相互交流，各自叙述着乡情和向往，倒也不感觉寂寞。

1920年1月，熊雄抵达法国巴黎。由华法教育会安排在巴黎西郊的圣日耳曼公学补习法语（华法教育会登记编号为749）。这时，他完全抛弃了过去校级军官的优裕生活，过着勤工俭学同学一样的艰苦的学习生活。刚到法国时，当时法国经济萧条，许多工厂停产或半停产，工人失业多，当地人就业困难，中国来法国勤工俭学的学生找工作就更难了，很多人无钱租房，只能住在寒风肆虐的布棚子里，过着"面包加冷水"的苦日子。熊雄是靠好友林修梅的资助出国留学的，但经济上也很困难。

当时中国留法勤工俭学学生中聚集了一批最优秀的先进青年，如第五批中的陈毅，第八批中的李立三、王若飞，第十一批中的颜昌颐、聂荣臻，第十二批中的蔡和森、蔡畅、向警予、陈延年、陈乔年、尹宽，第十三批中的许德珩、袁庆云，第十五批中赵世炎、傅烈、熊锐，第十七批中的邓希贤（小平），第十八批中的周恩来，等等。这些青年精英先后都与熊雄有过学习、工作上的交往，有很多成了至交。熊雄还与熊自难、秦青川、萧金芳等人组建了巴黎书报流通社，进行交流学习。

从巴黎向南约100公里，就到达法国小城蒙达尔纪。这座小城风光秀丽、河流纵横、小桥众多，人口1.5万。从1919年冬起，邓小平、蔡和森、陈毅、蔡畅等300多人先后在这里求学。如今，蒙达尔纪小城，多处留存红色记忆：火车站门口有邓小平广场，还建有"中国旅法勤工俭学蒙达尔纪纪念馆"。馆内的革命先驱群像——上排左起人物为：熊雄、张申府、许德珩、刘伯坚、唐铎、何长工、罗学瓒、蔡畅、李富春、向警予、蔡和森、邓小平、周恩来；下排左起人物为：赵世炎、陈乔年、陈延年、王若飞、欧阳钦、萧三、张昆弟、李维汉、李立三、葛健豪、聂荣臻、陈毅。熊雄在蒙达尔纪也有一段打工的经历。

圣日耳曼是巴黎的著名风景区，位于西郊大森林旁边，从市区乘坐火车或电车约需1小时即可到达。此处有著名的凡尔赛宫，《凡尔赛和约》不久前曾在这里签订。来此观光的游人络绎不绝，站在坐落高岗上的街区，俯瞰景色秀美的塞纳河及其彼岸的平原，使人心旷神怡，流连忘返。

在巴黎，熊雄很快就与抵法工会任职的江西同乡谢寿康取得了联系。

谢寿康（1897—1974），江西赣州章贡区水南镇人，1912年入比利时自由大学攻读政治经济学，1914年转学法国巴黎，获学士学位。谢寿康在欧洲求学期间涉足华人海外团体组织活动，十分活跃。1919年，与留法学生李石曾、张继等人一起组织华法教育会，接待中国留法学生。谢寿康较早接触共产主义思想，并成为欧洲留学生中主要活跃人物之一，1921年任巴黎中国民主促进会秘书长。

熊雄与谢寿康取得联系时，谢寿康正在巴黎研究法国文学，他向熊雄介绍了法国和欧洲"一战"后的许多情况，特别是刚结束不久的巴黎和会，给中国人民带来奇耻大辱，令熊雄听闻后百感交集，激发了爱国救国的思想。

熊雄在圣日耳曼公学补习法语时，课余寝前，常与贵州籍的熊自难、熊味耕、汪颂鲁，四川籍的秦青川、萧金芳，云南籍的张伯简，陕西籍的李仲三，福建籍的陈祖康等同学集于一处，切磋学业，交流思想。但他仍然保持过去"军官"的气质，衣着整齐，行动敏捷，待人诚恳热情，倾向新生事物，喜欢结识青年朋友，并注意培植，因而受到贵州、四川、福建等省同学的欢迎。他们经常一道去华法教育会和华侨协社参加活动以及参观游览。熊雄的经济情况较其他同学好，但他从不浪费，也不吝啬。有公共汽车、地铁，绝不坐计程车，而且争着付钱，甚至有时动员大家提前动身步行前往活动。这样，一可锻炼身体，二可沿途观光，三可节省支出。他说，这是一举数得的事。熊雄在参加集会时，总是先倾听与会者的发言，然后才发言，寥寥数语，言简意赅，慷慨激昂，富有说服力。无论是熊雄在圣日耳曼公学的补习，还是在与勤工俭学同学的交往中，他的言行、他的意志，在同学中赢得了好感。

熊雄因年岁关系，在学习法语上起初困难较大，但他并不气馁，在听了谢寿康的警言后，更是加倍努力，坚持刻苦攻读，勤记多问，终于取得了较好的成绩，比好些年轻同学进步要快。一天，当勤工俭学运动提倡人之一张继（溥泉）重游巴黎，事前经华法教育会约定，要带领大家去参观法国最大的雷诺汽车工厂，但适逢风雪交加，寒气逼人，有些同学踌躇起来，不愿出门，熊雄则认为机会难得，参观要紧，便抢先走出房门，从而带动了好些原先不想去的同学也一道去了。又一次,大家说好要去看谢寿康,但熊雄忽然病了,大家主张不去,他却说:"事已约定,不能不去,在枪林弹雨中打仗是要命的,我们都豁出来了,难道小小的丁点儿病痛,还用得着怕吗?去!"就这样,他抱病把大家带到谢寿康的住处。有个名叫梁昭明的四川同学,年约三十,身强力壮,曾任川军营长兼代某县知事,刮了不少民脂民膏,家有一妻二妾,完全是出国镀金的,既吃不惯西餐,更学不进法语,整天思家写信,并仗着比别人有钱,经常强迫弱小同学为他效劳,早已引起大家的反感。一天下雨,他又拿着一封信叫一个年轻同学替他送往邮局;同学婉拒了,他竟恼羞成怒,动手打人,被打者明知打不过他,只好与之论理,并要拖他去见校长,因而争吵起来。其他同学慑于强暴,都袖手旁观,唯独熊雄挺身而出,维护正义,一面斥责梁昭明的不是,说得他俯首无言,汗颜而去;一面劝止被打者,再三予以安慰,从而避免了一场丑闻。大家去华法教育会(华侨协社)或巴黎市内参加各种活动时,总是一致行动,互约不能迟到,也不可比别人先散。去时,熊雄总是走在前头,回时,从来都是在后面。在出席每次的集会上,他跟赵世炎一样,总是先倾听别人的发言,然后才阐述自己思虑成熟的意见。他虽然有点口吃,不如赵世炎说得流利雄辩,但言简意赅,慷慨激昂,富有说服力,几乎每次大家都热烈鼓掌。

1920年秋,他陪同来自英美的友人游巴黎埃菲尔铁塔,并在塔巅购得巴黎名胜明信片一套,就在其中一张印有铁塔远景的明信片上写下了抒怀诗,"塔高达三百米,有雄视天下的气概,东望沉沉,忧伤故国",拟将这张题诗的明信片寄回正在日本东京青山陆军大学就读的旧友熊式辉、曹浩森、陈锐三人。诗曰:

登高东望一咨嗟,
长剑倚天信手拿;
北海鲸鲵终就戮,
南圻逐鹿竟谁家?

这首七绝抒发了熊雄"忧伤故国"的心情,称赞了俄国十月革命的胜利,以革命军官固有的气魄,赞叹了巴黎埃菲尔铁塔无比的巍峨雄伟,思忖着国内军阀混战的局面。他这样忧国忧民的情结,把中国社会美好的前景和走俄国十月革命之路紧密地联系在一起。是年年底,他和赵世炎、李立三、熊自难、陈公培、盛成、张伯简、鲁其昌、罗清扬、周钦岳等10余人，在巴黎组织了劳动学会，专以精神及知识上的互助及引导国人实行劳动为主旨，明确地提出"互助、劳动、改造社会"的口号，要把华工组织起来，要到工厂做工，了解工人，参加工人运动，并且对"会员选择甚紧"。这时，熊自难因擅长国画，已在一家工厂"实行自劳自给自学之生涯"，可见劳动学会成员遵循会旨的决心。后来，勤工俭学同学以劳动学会等团体为核心，成立了留法勤工俭学会。

1921年夏，熊雄得悉父亲和妻子相继去世。国难当头，学业未成，壮志未酬，忧国思家，四种恩情正时涌上心头，凝成《哭亲诗》三章，表达了深切的悲痛之情，"负笈频浮海，从军远渡河。离情天独厚，埋恨地无多"。"天步方艰危，惆怅欲何去？"熊雄忧心如焚，最后决定以国事为重，留在法国继续学习。熊雄的家乡宜丰属于半山区，种田植树，千百年来相沿成俗。为了实现勤工俭学的初衷，贯彻劳动学会的宗旨，熊雄于1921年年初去法国西南部半工半读。先后在纪龙德省罗米尔农业学校和夏朗德省赖古龙农业学校学习农学，专门研究林学并做农工。在一年多的工读生活中，他"处处能够发现资本主义之罪恶和劳动者的痛苦，回顾乡国又为军阀官僚和国际资本帝国主义者勾结为乱，糜烂不堪"，他深深认识到："一个社会的改造，必须从社会基础的经济制度上根本改造。"因此，我们更能深切体会他到法国后那种忧国忧民的苦心，感受到他探索民族复兴、救国救民的高尚情操。熊雄在法国投身于对革命真理的追求，还积极参与到革命斗争中。

1921年，旅法勤工俭学学生在法国进行了"二·二八"请愿、"反对中法借款""进驻里昂大学"三次重大斗争，熊雄因在法国西南部工读未能亲身参加，但他对勤工俭学同学的每次斗争都寄予极大的同情和坚决的支持。"二·二八"请愿的消息传到纪龙德省罗米尔农校后，熊雄即来巴黎，和劳动学会其他成员集于熊自难寓所商议对策，印发声明和意见书，斥责中国驻法使馆勾结法国军警殴打留学生的暴行，号召勤工俭学同学坚持勤工俭学，不择条件，有工就做。10月，法国当局将进驻里昂中法大学的勤工俭学学生代表蔡和森、李立三、陈毅、陈公培、鲁其昌、罗清扬、颜昌颐、周钦岳等104人武装押送回国。这一迫害中国留学生事件，更激起了在法勤工俭学学生和华人的极大愤慨，认为这是中国驻法公使陈箓、里昂中法大学副校长褚民谊和法国某些方面人士相互勾结罗织罪名造成的，大家尤其对陈箓这个人的反动行为更为痛恨，乃思对陈箓有所惩罚。在法国西南部夏郎德省赖古龙农校工读的熊雄、李合林、郭须静等人也有同样的想法。这时，李合林收到巴黎同学的来信，谈论到陈箓这个人太坏，必须予以惩罚。不久，李合林即去巴黎与他的同学交流想法。李合林回到赖古龙农校时带回一支手枪，于是便由曾是军官的熊雄训练射击。熊、李"在农校树林中试枪"。而后，李合林将这支枪借给在上加龙省首府图鲁兹附近农校工读的张桓涛。

1921年12月初，李合林只身离开农校前往巴黎觅业，在旅法学人郑毓秀女士处得到一份书记工作，其实是便利于接触陈箓。翌年3月上旬，李合林回到赖古龙农校，邀熊雄陪他去图鲁兹附近农校张桓涛处取回手枪，并告之为被押回国的勤工俭学同学报仇，即将惩罚陈箓的计划。

熊雄和李合林于3月17日离开赖古龙农校来到巴黎，3月20日晚，即在郑毓秀住所大门外发生了李合林枪击陈箓的事件，这在旅法勤工俭学学生和华人中轰动一时，也是中法外交关系史上的一件大事。

李合林也于3月21日上午去巴黎警察总局投案。李合林枪击陈箓为被押回国的勤工俭学学生报仇的行动，得到旅法勤工俭学学生和华人的欢呼和声援，并有不少同学前去探监和献花，甚至筹款为他延请辩护律师。同时也赢得法国友好人士的理解和同情，当时担任李合林的辩护律师，即法国众议院议员穆德，他同时也是巴黎华法教育会的名誉会长。

李合林案件经法国警察当局的调查和六次审讯。当审讯者问及为什么"打你们的公使"时，李合林理直气壮地说，因为公使对于本国人失去了他应有的态度和责任，驱赶里昂百余名学生回国，所以"我决意杀他"。而且他列举了陈箓的四大罪状，即"在国内时拥戴袁世凯称帝，助安福党殃民祸国，及他到法后暗为朱启钤运动卖国大借款，无端遭送百余学生回国"。李合林认为"不这样（枪击陈箓）不足以平民愤"。法国有关当局将李判处监禁一年。李的律师认为可以不必上诉，实际上只有几个月就可以出狱了。

李合林，1902年4月生于四川省郫县，清华学校学生，积极参加五四运动。1920年4月旅法勤工俭学，先在蒙达尼公学补习法语，后在华法教育会任办事员，并在法国西南部农校工读。1922年11月21日被法国当局释放后即去比利时首都布鲁塞尔一所学校读书。回国后在黄埔军校任职。

1920年,赵世炎、陈公培、熊自难、熊雄、盛成、李立三、张伯简、刘伯坚、刘伯庄、罗汉、鲁其昌、周钦岳等10余人在巴黎组织了"劳动学会",初期"要革命,第一步要把华工组织起来,必须组织工人进行革命"。以此为核心,结成勤工俭学同盟,后发展为留法勤工俭学会。在旅法期间,周恩来与张申府、熊雄、聂荣臻等结下了深厚的友谊。

1920年年底,抵法勤工俭学的学生达到1300多人。当时处在第一次世界大战时期,法国经济遭受严重破坏,物价飞涨,许多勤工俭学的学生无工可做,学习无法进行,经常处于挨饿受冻的境地。不但如此,这些学生还受到法国当局以及中国华法教育会的刁难和迫害。学生们忍无可忍,经常与当事者和教育会发生冲突,甚至激烈的斗争。

1921年1月,中国驻法国公使陈箓电告北京政府,诬蔑留法学生闹事。北京政府立即回电,以"国库奇绌"为由,拒绝给予旅法学生经济援助,并指令中国公使馆和华法教育会等对勤工俭学学生"唯有遣送回国"。这一举动遭到旅法学生的强烈反对。2月27日,400余名中国学生代表在蔡和森、王若飞等带领下,于华侨协社附近的一家咖啡馆内召开留法勤工俭学学生代表大会，拟出勤工俭学斗争宣言，一致决定第二天齐集中国驻法公使馆请愿。28日晨，500多名中国学生包围了中国公使馆。他们与前来镇压的法国警察发生冲突，有10余人当场被拘留。但是，学生们不屈不挠，坚持斗争，终于迫使陈箓直接出面答复问题，同意向留法的中国学生再发放一个月的救济金，并声言撤销北京政府的"遣回令"。这次斗争取得了初步胜利。

1921年6月，中国北洋政府派专使到巴黎，同法国政府密谈大笔借款，用以购买军火，并以全国印花税、验契税和滇渝铁路的修筑权为抵押。留法勤工俭学的同学们得此消息后群情激愤。在赵世炎、周恩来、陈毅、蔡和森、李立三等人的领导下，筹备并召开了"反对中法借款大会"，发起了一场抗议中法秘密借款的运动，又称"拒款运动"。拒款运动持续两个多月，由于在法学生的反对和国内各界人士的痛斥，北洋政府的借款一事未能得逞，却令法国政府和北洋政府大为光火，宣布停止发放留法勤工俭学学生的"维持费"（勤工俭学学生的生活救济金）。

第一次世界大战结束后，在巴黎召开的凡尔赛和会上，中国作为战胜国，提出停止向西方列强偿还庚子赔款的要求，并用退还的赔款作为中法合作的经费。

1921年,中法双方达成一致意见,正式成立"里昂中法大学",以照顾勤工俭学学生。但是,当中法大学建成后,大学的中方负责人违背承诺,招收的学生大部分是从国内招来的官僚贵族子弟,而将留法的勤工俭学学生拒诸门外。为争取"生存权,求学权",留法的勤工俭学学生在周恩来、蔡和森、赵世炎等人的领导下,开展了"争回里昂中法大学"运动,通过和校方谈判、游行、占领校舍等方式奋起抗争。中国驻法公使陈箓和在法的官僚政客表面上假情假意地同学生们兜圈子,暗中却勾结法国军警,对进驻"里大"的学生代表下毒手。在法国当局的镇压下,"争回里昂中法大学"运动最终失败。10月14日,法国军警将进占里昂中法大学的蔡和森、李立三、陈毅、陈公培(吴明)、鲁其昌(鲁易)、罗清扬、周钦岳等104名留法勤工俭学学生武装押解到马赛,第二天强行遣送回国。赵世炎等人虽然侥幸逃脱,不在遣送之列,但他的护照被没收,从此不敢公开活动。赵世炎等无计可施,打电报给国内的李石曾,请他到上海设法援助被驱逐回国的学生。这三个事件发生时,熊雄因在法国西南部工读,都未能亲身参加,但他对勤工俭学同学的每次斗争都给予了极大的同情和支持。当

"二·二八"请愿的消息传到纪龙德省罗米尔学校后，熊雄立即赶往巴黎，和劳动学会其他成员一起讨论应对办法，印发声明和意见书，斥责中国驻法公使馆勾结法国军警殴打学生的暴行，号召同学们坚持勤工俭学，不择条件，有工就做。

1921年秋，陈延年、陈乔年与李合林、鲁汉等人一起在巴黎成立了工余社，办了一个《工余》月刊，油印品，初由陈延年负责编辑。这是勤工俭学学生自己办的第一个油印刊物，在侨居法国的华人中有些影响，郑超麟曾向该刊投过两次稿。但因该刊的无政府意识较重，熊雄没有参与，为了追求真理，他又萌生了到德国留学的意向。

从中国共产党的历史来考察，留法勤工俭学最大的成果是从中产生了旅欧党团组织。中国留学生在法国建党有三支力量：一是赵世炎、陈公培出国前已在上海入党。张申府（1893—1986）在中国共产党早期创立中发挥了重要作用。1920年10月，李大钊和张申府在北京成立了党小组，吴雅辉、李石曾等在法国巴黎筹办中法大学，请张申府去教逻辑。出国前陈独秀委托他到法国建立党支部，后张申府又发展刘清扬、周恩来入党，五人组成旅欧巴黎党小组。二是陈独秀的儿子陈延年、陈乔年以及赵世炎、王若飞、萧三等先后参加法国共产党，不久转为中共党员。三是新民学会和湖南青年也打算在法国建党，他们以蔡和森为核心，不仅提出要"正式成立一个中国共产党"，而且在蒙达尔纪会议和"工学世界社"年会上酝酿建党。赴法国勤工俭学，不仅涌现出蔡和森、向警予、赵世炎、陈延年、陈乔年、熊雄等著名革命先烈，还造就了周恩来、朱德、邓小平等党和国家领导人。它对马克思主义在中国的传播、中国共产党的建立和发展、中国人民反帝反封建的开展，以及先进科学文化技术的输入，都产生了深远的影响。

七、留学德国加入共产党

德国是马克思主义学说的故乡。熊雄为了更深刻地研究马克思主义,探求无产阶级革命真理,于1922年3月20日离开巴黎,前往德国柏林留学。3月21日到达柏林后,即与先期去柏林的好友谢寿康、张伯简二人取得了联系,定居于夏洛腾堡(新柏林)康德街。

他在致大哥二哥信中说,他已转学于德国,仍攻森林学。经过近一个月的考察与思索,他认为:"此邦虽值战败之余,观其一切不可侮也。"他对马克思的诞生地和马克思主义的发祥地——德国有了初步的认识。熊雄在《独步柏林皇后湖》诗词中说:"湖水如绉雪如银,天地无情却有情。彻骨清寒谁领会,自然和我斗输赢。"心中有信仰,脚下有力量,熊雄坚定不移地选择了信仰马克思主义。

那时,谢寿康、张伯简已与成立于1918年的德国共产党建立了联系,并被德国共产党组织介绍去德国各城市演说,赵世炎在这年4月25日致国内的信中说:"黄面孔的无产阶级的代表与西方无产阶级接触,此其开端了。"

1922年3月初,周恩来同张申府、刘清扬一起,从法国到德国居住。由张申府介绍,1922年4月熊雄加入中国共产党,张申府对熊雄说:"熊雄同志,经审查,你正式被批准为德国共产党员。按照规定,你是中国留德学生中的德共党员,同时也是中国共产党党员。"熊雄面对马克思的画像,庄严地举起右手。周恩来紧紧握着熊雄的手,熊雄激动地拥抱着周恩来。在柏林,中国旅德支部(名为"代表团")成立,成员有周恩来、刘清扬、张申府、张伯简、谢寿康、熊雄,共六人。周恩来、刘清扬、熊雄、张伯简、萧三、谢寿康等,每个星期六晚上都在康德大街张申府寓所聚会,商讨筹组旅欧中国少年共产党。周恩来住在柏林郊区的瓦尔姆村皇家林荫路54号。4月下旬,周恩来、刘清扬、张申府、张伯简、萧三、谢寿康、熊雄七人联名写信给在法国的赵世炎,敦促他于5月1日前完成旅欧中国少年共产党的筹建工作。

从此,熊雄人生达到了一个高度,在共产主义的旗帜下，勤奋地学习马克思主义理论和国际无产阶级斗争知识，先后阅读了《共产党宣言》《资本论入门》《经济史观》《阶级斗争》等书，并在旅德学生和华人中进行革命活动。此时，旅德同志周恩来、刘清扬、谢寿康、张伯简、萧三和熊雄等，每周星期六晚间聚集于中国共产党驻柏林通讯员张申府处学习、讨论和研究工作，并进行筹组青年团的工作及商量去苏俄学习的事。因进驻里昂大学而被法国当局没收护照、不得不在法国做工的赵世炎与在德国柏林的张申府等经常互通书信商讨有关工作，并分别同国内联系，取得指示。

1922年6月13日，中国共产党第二次全国代表大会召开前夕，陈独秀在向共产国际报告中谈到中国共产党党员数为195人，其中留俄8人、留日4人、留法2人、留德8人、留美1人。国外党员达23人，占全国党员数的12%，熊雄便是其中的一员。

当时，共产国际正在莫斯科筹备第四次代表大会，赵世炎于4月25日、26日分别致信国内的李立三、陈公培，谈到由旅欧同志派出代表出席共产国际第四次代表大会代表的事。他在致李立三信中说，"我们公荐寿康为第四次代表事，申府兄已有几次信与国内了"，"披素（熊雄）、子璋（萧三）、伯简都同去"，"将来他们去时，欧洲'青年团'当都给以代表名义，拿团体的责任，壮他们的行色"，并请李、陈"向国内亟力建白，速加委命"。由于国内已另派代表，他们四人去俄未能成行，但张伯简、萧三则于同年秋冬先后去了莫斯科。

关于筹组青年团工作，赵世炎在致国内陈公培的信中说"青年团的开始仍取极端严格手续"，"现在人数因系严格，大约法国二十人，比国（比利时）七八人，德国六七人"。同时提到"李合林事后，安那其（无政府主义）朋友奋然而起"，"一部分之安那其倾向颇变，其最著者为大陈——延年——趋向极为可爱"。表明勤工俭学学生中一些信仰无政府主义的已转向马克思主义的立场。

经过赵世炎的积极工作，旅欧青年团终于于6月22日在法国巴黎西部布伦森林召开成立大会，参加者有赵世炎、周恩来、李维汉、王若飞、陈延年、刘伯坚、佘立亚、袁庆云、王凌汉、陈乔年、傅钟、萧朴生、萧三、汪泽楷、李慰农、郑超麟、尹宽、任卓宣18人，周恩来、刘伯坚分别从德国、比利时而来，他们代表旅欧青年团员"约三四十人"，取名"中国少年共产党",选举赵世炎为书记,周恩来负责宣传、张伯简(因张在德国由李维汉代)负责组织,并由他们组成中央执行委员会。为了进行革命工作,"少共"成员都有假名。赵世炎名乐生、周恩来名伍豪、张伯简名红鸿、李维汉名罗迈、萧三名爱弥儿、陈延年名林木、陈乔年名罗熟、王若飞名雷音、熊锐名尹常、熊雄名其光[取熊熊(雄)其光之意,就是为革命奉献自己"熊熊其光"的意思,成为旅德党员八名成员之一]。会议还决定出版机关刊物为《少年》,周恩来担任编辑和主要撰稿人。周恩来还先后在《少年》上发表《共产主义与中国》《十月革命》《告工友》等文章。

1922年10月,根据中共中央的指示,中共旅欧总支部成立,下设旅法、旅德、旅比三个支部,熊雄属于旅德支部成员。根据共产国际章程,法共党员赵世炎、王若飞、陈延年、陈乔年、萧子章,德共党员熊雄、王圭,均为中共正式党员。中共旅欧总支部与"少共"合在一起办公,党员均参加"少共"活动。而"少共"由于一直采取"极端严格"的手续,加入者必须是留欧青年中的优秀分子,凡具备条件者随时均可转为中共党员。后根据国内指示,少年共产党改称为"中国社会主义青年团"。周恩来、邓小平、李富春、傅钟等先后在这里从事革命活动。

熊雄留学德国期间，进一步接触了马克思主义新思想，接触了周恩来等更多的共产党人，在思想上发生了质的变化，他用马克思主义校正了自己人生的道路，并与周恩来等共产党人积极从事革命活动，在革命实践中得到了历练。

八、留学苏联成为有坚定信仰的马克思主义者

为了迎接中国革命高潮的到来,根据国内党中央指示,1923年3月,熊雄与赵世炎、王若飞、陈延年、陈乔年等人受中共旅欧支部派遣,到苏联东方劳动者共产主义大学中国班学习。

东方大学全称东方劳动者共产主义大学,坐落在莫斯科市区特维尔斯卡娅大街上,创立于1921年5月。东大是一栋五层的楼房。原是苏俄培养少数民族干部的学校,1920年,共产国际第二次代表大会时,列宁提出了民族和殖民地革命的提纲。为了培养东方各民族发展民主革命的干部,便创办了这所学校,学员来自远东各国革命青年和苏俄远东少数民族骨干。学校开设共产主义ABC、经济学、唯物史观、西方革命史、国际职工运动史、俄国革命史、阶级斗争史以及自然

科学和俄语等课程。

1923年3月18日,中国社会主义青年团旅欧支部书记周恩来陪同赵世炎、王若飞、陈延年等9人,由巴黎经比利时去德国柏林。由于经费问题,他们9人都分散住在旅德同志的寓所,王若飞住王圭处,郑超麟住熊雄处……等候办理入俄护照。他们在柏林停留了10天,便由周恩来、王圭等陪同参观了柏林的博物馆、动物园等处名胜古迹和动物。而后,赵世炎和熊雄等12人,从柏林启程,经波兰、立陶宛、拉脱维亚,在里加换车。他们到达俄国边境时受到俄方检查,当检查人员得知他们是到东方大学学习的,便同意放行,此时他们旅费不足,只得打电报告知东大中共旅莫支部,当晚他们12人就在车站上一列空车厢中过夜。

当时,东方大学中国班有来自国内的罗亦农、彭述之、卜士奇、任弼时、王一飞、萧劲光、傅大庆等和从西欧去的张伯简、萧子章等30多人。赵世炎一行到达莫斯科东大时,受到王一飞、任弼时、萧子章等人的热情迎接。中共旅莫支部举行欢迎会,支部书记罗亦农致欢迎词时,向大家介绍从欧洲来俄的同志中有6位是党员,除赵世炎是老党员外,王若飞、陈延年、陈乔年是旅法党员，熊雄、王圭是旅德党员，凡属第三国际支部的均可为中国共产党正式党员。在这次会上，赵世炎被增补为中共旅莫支部委员。赵世炎介绍了国内形势，中央已经接受了共产国际的建议，通过了在中国实行国共合作的决议，决定全体共产党员以个人的名义加入国民党，以建立各民族阶级的统一战线。这时正逢东方大学放春假，同学准备出去旅行。于是，他们匆匆办好入学手续，便一同去了旅行地——彼得格勒。

办理入学手续时，学校为了保证外国学生回国工作的安全性，给每名外国学生都取了一个俄国名字。于是，东大教务长便以1905年彼得格勒苏维埃执行委员会被捕的12名委员的姓冠于从西欧第一批入俄学习的12人身上。赵世炎名辣丁、王若飞名尼姆泽夫、陈延年名苏汉诺夫、陈乔年名克拉辛、袁庆云名雅诺夫斯克、熊雄名雷尔维尔斯特洛夫、陈九鼎名喜斯金、郑超麟名马尔洛托夫……

在彼得格勒，他们住在曾是十月革命指挥部的斯摩尼宫三楼一个房间里，据说起义时托洛茨基住过。他们参观了冬宫、彼得保罗堡垒、博物馆及几个工厂。接待单位还组织他们观看了莫里哀的喜剧《贵族市侩》。

从彼得格勒回来，春假已经结束。新来的12人便随班上课。俄语是他们重要的必修课，其他课程则配有中文翻译，老师讲一段译员译一遍。

当时，苏俄全国实行战时共产主义制度，吃穿住行和生活必需品都是供给的，还包括理发、沐浴、洗衣等。每月每人还有零用钱（初为1.5卢布，后增至3卢布）。穿的是红军厚麻布大衣，戴的是红军尖帽子，每人衣服一开始并不一致，第二年就一律穿上黑呢衫裤和大衣。陈延年同郑超麟闲谈时说，我一生从未有过这样好的生活。东大的生活的确比旅法勤工俭学生活好多了。不过，初去时吃的还是黑面包。随着苏俄国民经济的好转，当年暑假便开始吃上白面包了。此外，每位同学每三个星期轮流做一次厨房值日，主要是帮厨。天不亮即去厨房劈柴、削土豆、搬运主食、摆好餐具、分发汤菜等等，一直忙到晚上11时，才能回宿舍休息。郑超麟在回忆中说，这是"一件苦差事"。

4月28日，中共旅莫组召开党团员会议。"王凌汉、袁庆云两位同志将由赵世炎、王若飞、陈延年介绍入党，须在今日的会上讨论通过；当他们在法时，本党法国组书记赵世炎同志曾有介绍他们入党动机。"经过讨论，多数通过王、袁两人入党。接着，赵世炎报告党在西欧的活动情况,"现在留在西欧的还有四五个党员"。这时,东大中国班共有党员23人,占全国党员数420名的5%,团员35人。会议决定成立党支部委员会,主要管理党员的训练和指导团员的训练,任期半年。罗觉(罗亦农)、彭述之、赵世炎当选为支委。此后,学习和训练更有计划,更加严格了。党支部明确指出,我们来俄的目的是学习马克思主义和无产阶级斗争经验,训练自己成为很好的共产主义者,回国后代表无产阶级活动。因为我们大多数出身于非无产阶级,有许多"天然的"毛病,如无政府主义表现、不守纪律。如不好好训练自己,将来必感困难。为此,必须在党支部管理和训练下,培养自己的革命意志和锻炼严格的组织性与纪律性。

东方大学为熊雄创造了在法国和德国无法得到的良好学习环境,可以静下心来学习研究马克思主义理论和苏联革命经验,到苏联红军中学习军队政治工作经验。此时的他,有着坚定的信念、明确的目标,因此熊雄在东方大学期间,如饥似渴地学习马克思、恩格斯、列宁著作及中国班的课程,力求领会和掌握马列主义精髓。他年纪大,学习俄语困难,一有空隙,就坐在临窗床铺旁的书桌上,专心致志地读书。他的勤奋、热情和亲切,给同学们留下了深刻的印象,许多同学在几十年后回忆起来,都一致称道他的这些优秀品格。在东方大学学习期间,熊雄如饥似渴地学习,并铸就了共产党人远大的历史使命。

熊雄到东方大学学习后,国内形势发生了新的变化。1922年12月,中国国民党总理孙中山写信给列宁,拟派遣全权代表近期前往莫斯科,磋商合作事宜。1923年8月初,蒋介石、汪精卫、共产国际代表马林等商议后,代表团定名为"孙逸仙博士代表团",由蒋介石任团长,成员有沈定一、张太雷、王登云。张太雷是中共党员(跨党党员,同时具有国民党党籍),时任青年共产国际执委委员。代表团于1923年8月16日从上海出发,9月2日下午抵达莫斯科。

"孙逸仙博士代表团"到达莫斯科后,中共旅莫支部参与接待,并指定熊雄参与陪同参观,洽谈有关中国革命问题,熊雄得以与蒋介石相识。在他们多次洽谈中,蒋介石曾向熊雄表示要参加中国共产党。熊雄这时已对蒋的思想品质有了了解,乃以蒋"多年追随孙中山的革命地位领导国民党新军则名正言顺"为由,婉拒蒋的这一要求。后来,蒋在他的日记中倒过来说,国际共产党劝他加入共产党而遭到他的拒绝。

这事，中共旅莫支部大多数同志是知道的。代表团在苏俄逗留到11月回国了。代表团成员张太雷则留在莫斯科，担任了中国社会主义青年团驻莫斯科的代表。

这时，中共旅欧支部从西欧派来了第二批党团员20多人进东方大学学习，其中有刘伯坚、李合林、袁子贞、汤儒贤、萧复之、马玉林、尹宽、汪泽楷等。他们一见面，分外亲切。特别是由法国转学于比利时的李合林，向熊雄讲述了他在法国9个月的牢狱生活，并将此事写成文章在国内《学生杂志》上发表一事。熊雄经过半年多的马克思主义理论的学习，已知暗杀这一无政府主义的行为，不是无产阶级革命的方法，因而写了读后感一文，寄回国内仍在《学生杂志》上发表，以消除无政府主义思想在国内青年中产生的不良影响。萧复之同学则是他昔日旅日好友文群的亲戚。因而，他们不时聚在一起回忆旅法时工读情景及到莫斯科专门学习的心得和体会。

在共产国际和中国共产党的帮助下，1924年1月国民党第一次全国代表大会在孙中山亲自主持下，实行"联俄、联共、扶助农工"三大政策，联合战线正式形成。共产党人李大钊、林伯渠、谭平山、毛泽东、瞿秋白等参加了这次大会。东方大学中国班同学正在关注这次会议之际，伟大的列宁于1月21日病逝于莫斯科郊外别墅中，全俄顿时陷入悲痛之中，正在开会的国民党"一大"，发出了称赞列宁为"革命中之圣人"的唁电，孙中山亲笔题书"国友人师"的祭幛。为了悼念列宁，大会停会三天。

东方大学于列宁逝世的当日下午举行了追悼会。由任弼时赶绘的列宁遗像悬挂在东大中国班里，以示大家对列宁的崇敬和悼念。翌日，列宁遗像停放在莫斯科工会大厦，从当日下午至26日晚间，莫斯科各界代表川流不息地向列宁遗容告别。东方大学全体学生排成长队前往工会大厦瞻仰列宁遗容。27日，东方大学全体学生冒着严寒去红场为列宁送葬。

在国民党"一大"举行中，1月24日晚间，中共旅莫支部召开党团员大会，讨论国共合作的联合战线问题，讨论非常热烈，大会一直进行到第二天凌晨2点。26日，支部又举行会议继续讨论，得出两点结论：一是确认目前的中国国民革命的性质是资产阶级民主革命；二是共产党人加入国民党后，有可能使国民党发展成为民族革命的政党。根据国内的指示，支部决定暑假后要求一批在东大学习时间较长且有工作能力的党员回国工作，其中包括罗觉、彭述之、赵世炎、任弼时和熊雄等18人。经与共产国际的维金斯基商议后，名单和人数作了调整。

1924年5月，准备出席共产国际第五次代表大会的中国共产党代表团团长李大钊等来到莫斯科。不久，李大钊应邀到东大中国班讲授"中国近代史"以及报告中国革命形势等问题。代表团成员张太雷出席了旅莫支部大会，谈及国共合作的联合战线亟须大量的干部。旅莫支部据此又进行研究，加派了陈延年、张伯简、尹宽、郑超麟等6人。于是赵世炎、彭述之、任弼时、陈延年、郑超麟、张伯简等20多人于1924年秋回到国内，赵世炎去北京，陈延年、张伯简去广东，彭述之、任弼时、郑超麟留在上海中央机关工作，熊雄等仍在东大中国班学习。后来，陈延年于1925年1月致旅莫支部陈乔年、王若飞、王一飞、罗觉的信中说："熊雄兄望他早点回来，国内工作需要人孔（很）急，军事方面尤甚。去年他未回，真失计之至。"可见主持中共广东区委工作的陈延年对熊雄的依赖和期望。

当时，中共党内有识之士认识到在中国革命中共产党必须掌握武装，提出要为中国革命培养一批工作干部，还要注意培养军事斗争干部。中共中央根据共产国际的通知，指示中共旅莫支部选派熊雄、聂荣臻、叶挺、李林、范易、颜昌颐等20余人到莫斯科伏龙芝军事学院学习。王一飞到红军学院担任翻译。这是共产国际为中国共产党培养的第一批具有军事理论素养的干部。

中国班被纳入苏俄红军的编制系统，过着正规红军的生活，供应则比红军好，对外保密，连东方大学的同学也不知道。学习要求很严格，训练很紧张，学生尽量不外出，白天晚上轮流站岗放哨，经常到莫斯科郊外森林进行训练和演习。军事教官都是苏俄红军中师级以上的军官，他们经历了内战时期的实战锻炼，讲课很实际，加上理论学习和实际训练有机结合，学习时间虽半年，但收获却很大。熊雄更是以他在日本军事学校所学课程和训练、国内护国护法战争几年的实战体验，对照红军学校的课程和训练，体会更深，尤其是学习了苏俄红军的政治工作，更加认识到革命军队的性质和作用以及军队政治工作的至关重要。

1925年3月20日，陈独秀在给共产国际第二号报告中谈及孙中山去世产生的影响，指出"职工运动和国民运动日益发展""党的组织工作也不断发展""工作人员和物质力量不足""以致失去许多有利发展的机会"，因此希望共产国际尽量多派东方大学中国班同学回国工作。5月,中共中央决定从苏俄调40人,从法国调50人回国工作。于是,5月底,共产国际通知工农红军军事学院中国班20余人于7月底回国。此前,1月30日,熊雄还致信仍在东大学习的陈乔年,希望他寄来石达林的《列宁主义》20本、《中国现状报告》10份等书物,并说荣臻同志还请他来面谈。

工农红军军事学院中国班20余人,由王一飞带队,与熊雄一道回国的人中还有聂荣臻、叶挺、李林、范易等人。临行前,第三(共产)国际书记季诺维也夫同他们作了次简短的谈话,着重谈到中国革命的性质是民主主义革命,国内目前正在进行国共合作,希望大家回国后,帮助国民党办好黄埔军校。这20人8月上旬离开莫斯科,乘火车到海参崴,再乘轮船去上海。从莫斯科途经西伯利亚来到海参崴,2000多公里的路程,走了约两个星期。

当时,中国正处于内有军阀混战,外有列强割据的内忧外患的局面,20多名从苏俄学习军事的留学生回国,其实是一次重大的军事行动。苏俄方面怕出问题,要回国同学一律着便服,严格注意保密。到达海参崴后,安排在苏俄远东海军司令寓所居住,不准外出。8月下旬,由海参崴上轮船时重新化装,并分散坐着，装作彼此不认识。就是这样严格的保密，还是被跟踪的日本谍报人员发现了。轮船停靠在日本长崎港时，日本报纸就登载了"中国留俄学生回国"的消息。熊雄将此事告诉王一飞等同志。他们以防不测，又做了应急的准备。每人都想好了一套乘船回国原因的说法，大家都心照不宣地相互关怀着。他们就这样有备无患地于9月3日安抵上海，但他们是由苏俄训练的第一批中国军事干部，这便招致了国民党右派的恐惧。他们回国后的工作安排都受到了排斥、限制甚至打击，后来他们大部分都遭到国民党反动派的残酷杀害。

熊雄在伏龙芝军事学院学习后，目睹了走上社会主义道路的苏联焕发出来的生机和活力，经过马克思主义思想的洗礼，他思想境界达到了一个新的高度，无论在政治上还是在思想上，从初出国门的旧军官，已经成长为一个成熟的马克思主义者，是一个对共产主义有着坚定信仰的革命战士。奉命回国就是要施展他的军事、政治才华，燃起革命的熊熊烈火，开启人生最精彩灿烂的一页。

九、踏进黄埔参加东征

1921年7月,中国的无产阶级政党——中国共产党宣告成立。在共产国际和中国共产党的帮助下,1924年孙中山改组国民党,制定了"联俄、联共、扶助农工"三大政策,实现了国共两党合作。国民党第一次代表大会在广州召开。大会选举的24名中央委员中,有3名共产党人:李大钊、谭平山、于树德;17名候补委员中,有7名共产党员:沈定一、林伯渠、毛泽东、于方舟、瞿秋白、韩麟符、张国焘。在国民党一届一中全会上推定的各部人选中,谭平山为组织部部长,林伯渠为农民部部长,李大钊为北京执行部执委,于方舟为候补执委,毛泽东为上海执行部候补执委(1925年10月为国民党中央代理宣传部部长)。国共两党合作取得重大进展。中国共产党第三次全国代表大会在广州召开,会议决定共产党员以个人身份加入国民党，实现国共合作，同时必须在政治上、思想上、组织上保持自己的独立性。

这时，孙中山先生在广州组建黄埔陆军军官学校。黄埔军校是中国近代革命史上的一座丰碑，是国共两党合作的产物。旅莫中国班书记罗亦农召集部分同学开会，国内迫切需要一批懂军事的同志去帮助办好这个革命的军事学校。根据共产国际的通知，同时也根据各人的专长和特点，做好准备回国。参加会议的同志十分激动，他们中就有熊雄、聂荣臻等同学。

1925年9月3日，熊雄一行20余人抵达上海，即去中共中央机关报到。他们在中央机关见到先期回国并在中央机关工作的王若飞，大家寒暄几句后，王若飞即领着他们去见中央总书记兼组织部部长陈独秀。陈独秀宣布了分配名单，作了简短的讲话，大意是：你们回来很好，一部分到北方去，一部分到南方去。去南方的同志主要是加强黄埔军校的工作，参加那里的国民革命，军校虽是国共两党创办的，但还是以国民党为主。熊雄、叶挺、聂荣臻、杨善集、张善铭等12人去广东，李林、范易等11人去北方，王一飞、颜昌颐留在中央机关做军事工作。

阔别祖国近六年的熊雄，而今回到了经常思念的祖国，心情十分激动，这次可以从上海经江西去广东，顺道回梓省亲，看望年迈的母亲，以尽孝道。然而因革命工作急迫的需要，他又立即乘船浮海南下，踏上中国大革命的新征途。

熊雄等人在上海停留了约一个星期，分配完工作后，到南方去的12人就乘轮船到了广州。在中共广东区委见到了书记陈延年和周恩来。此时周恩来已经担任黄埔军校的政治部主任，是特意从军校赶过来迎接熊雄等人的。他们俩曾经与熊雄一起，也在法国、德国勤工俭学过，周恩来比熊雄早些时候回的国。战友相逢，大家分外高兴，区委领导向新来的12位留俄同学介绍了国共合作后，特别是廖仲恺被刺身亡后广东的局势，以及当前的工作和他们的工作去向。

黄埔军校是国共两党第一次合作的产物，它是孙中山先生在苏联十月革命的影响下，在中国共产党的积极支持与帮助下，以挽救当时处于危亡之中的中国而创办的。宗旨是"创造革命军队来挽救中国的危亡"，为国民革命军培养军事与政治人才。苏联政府下拨经费，运来大批枪支和子弹，供开办军校之用。

黄埔军校距广州约40里，长洲岛上林木葱茏、山峦起伏，南面与当年林则徐禁烟之地虎门相连，为广州第二门户，上有长洲要塞，但因年久失修，败瓦颓垣，荒烟蔓草，已久为狐鼠窃据之所。孙中山见其地四面环水，隔绝城市，地当枢要，便于兴学讲武，遂指定为军校校址。

1924年5月5日，军校正式成立。军校于1924年6月16日举行开学典礼，有师生500余人参加，校名为陆军军官学校，校址位于广州郊区的黄埔长洲岛，故简称黄埔军校。黄埔军校开学典礼上，孙中山发表了著名的《建国大纲》和《建国方略》，阐述了他对中国革命和建设的理想和目标。军校创办后，国共两党均派出重要干部到校任职、讲学，孙中山亲任校总理，蒋介石任校长，廖仲恺任党代表，李济深任副校长，教育长初为胡谦，后为邓演达、方鼎英等，政治部主任先后为戴季陶、周恩来、熊雄等，副主任为张崧年、鲁易等，政治部秘书聂荣臻，教练部主任李济深、副主任邓演达，教授部主任王柏龄、副主任叶剑英，战术总教官何应钦，入伍生总队长邓演达、张治中。政治教官以共产党员为主，有恽代英、萧楚女、高语罕、张秋人、于树德等，军事教官有刘峙、顾祝同、陈诚等，同时苏联政府派来鲍罗廷、加伦、巴甫洛夫、切列潘诺夫等专家指导军校建设。1925年9月军校特别区党部改为国民党特别党部，直隶国民党中央党部，严重、熊雄等共产党员曾当选为特别党部的监察委员和执行委员。同时，军校还有共产党的秘密组织——中共广东区委黄埔特别支部。熊雄任军校中共党团书记，中共广东区委军事部长，时任中共广东区委军委书记的周恩来，奉调上海中共中央工作，军委书记一职由熊雄兼任。中共广东区委黄埔特别支部，在推动军校贯彻孙中山的"联俄、联共、扶助农工"的三大政策中起了重要作用。

初到黄埔时，熊雄任黄埔军校政治大队副队长，聂荣臻被分配到黄埔军校任政治教官兼政治部秘书，协助新任政治部正副主任邵力子、鲁易工作。熊雄则参加第四期入伍生报考工作。全国各地党组织介绍前来报考军校的革命青年，多由他负责接待。如上海党组织（郭伯和）介绍的叶书（李逸民）、季步高表兄弟两人，经过考试进入第四期。二次东征时，叶、季所在的入伍生第二团派往惠州担任警戒任务，经过实战的考验，他们两人由熊雄和他的秘书麻植（黄埔二期、共产党员，时任总政治部宣传科科长）介绍加入中国共产党。由上海乘船前来广东报考的靖任秋，船至黄埔，川资告罄，同船的熊某告诉他，可上岸到军校找熊雄求助，结果如愿以偿。靖到广州便考入第五期。

黄埔军校政治部成立于1924年5月25日，最初两任主任戴季陶、邵元冲，到职时间短，组织很简单，工作人员少，政治工作死气沉沉。同年11月，周恩来出任主任，政治工作逐渐建立和开展起来，至1925年2月，第一次东征陈炯明叛军，周恩来主任和第一、二期学生去前方，第三期入伍生进校。军校设前后方两个政治部，后方主任由卜士奇、包惠僧先后代理。1925年7月，党军与军校分离，军校政治部主任由汪精卫担任，邵力子任副主任。9月，汪精卫升任校党代表，邵力子继任主任。

陈炯明原系广东革命政府陆军部部长，1922年6月背叛孙中山，炮轰总统府，发动武装叛乱，1923年被逐出广州，占据广东东江地区。1925年2月，广东革命政府举行第一次东征，军校师生和教导团组成的校军，约三千人，担任右翼作战。周恩来领导师生们浴血奋战，部队很快挺进东江，连续作战三个月，取得了第一次东征的胜利。1925年9月15日，陈炯明在英帝国主义和北洋军阀支持下，纠集三万余人，以"讨赤"为名，卷土重来，企图进犯广州。

9月27日，新成立不久的国民政府决定举行第二次东征，委蒋介石为东征军总指挥，国民革命军第一军政治部主任兼第一师党代表周恩来为总指挥部政治部主任，东征军分左、中、右三路纵队计三万多人于10月5日向陈炯明老巢惠州进发。

黄埔师生在周恩来、熊雄等领导下，迈着整齐的步伐，在东征中英勇善战，把鲜血洒在一起，演出了革命舞台上英勇一幕，使陈炯明的部队闻风丧胆。10月1日，东征军由广州出发，沿东江两岸向惠州挺进，熊雄被任命为总指挥部政治部秘书长兼宪兵营党代表。部队高唱："打倒列强，打倒列强，除军阀，除军阀，国民革命成功，国民革命成功，齐欢笑，齐欢笑。"

宪兵营的任务是"在于维持全军的军纪、风纪及地方治安与临时特别任务"。10月6日，熊雄即率宪兵营三个连随总指挥部出发，"以偿讨贼戡乱之夙愿"。每日行军之暇，他都"信笔直书"战地的经历和感想。10月17日以后，他没有随军征伐，在惠州略事停驻后，不久返回广州，于11月4日即整理出10月6日至10月16日的《惠州战役日记》。

熊雄在《惠州战役日记》导言中指出："此次东征，不仅得农民之助，且得罢工工人担任运输，工农兵实际结合,故不上两天,向号称天堑之惠州,遂为革命军所有。"他对叛变革命之徒及其行为,疾恶如仇,就是对过去共患难的同事林虎之辈,也是大义凛然、界限分明,并且认为:"陈炯明等的罪恶,本已大得无比,非食其肉、寝其皮不可的。"

熊雄在17000多字的战地日记中,忠实地记录了战地行军、担任警戒等所见所闻、所感所想,如东征军攻克惠州的英勇战斗的概况,追悼惠州阵亡将士大会的情况,宪兵营维持治安、警戒巡视、宣传活动、管教俘虏等项工作,工农商学各界对东征军拥护和支援以及控诉陈逆叛军殃民的罪行。据统计,东征途中,共散发各种政治宣传品170多万份,仅政治宣传队第一支队沿途就召开联欢大会61次,对民众演讲878次,对友军演讲61次。

惠州为千年古城,历史上曾有28次被围攻而未能攻克的记录,这次东征军只花了两天时间,即将其攻陷,熊雄认为,这主要是靠东征军的勇敢精神。"可知革命军为主义而战,为人民而战,无坚不可破,无险不可冒矣!"《惠州战役日记》详细记载了攻城时战士们的勇敢顽强、不怕牺牲的情景:"此次扒城竹梯,长二丈有二,重可五十斤,须三人舁之行,但当冲锋号奏，五百健儿，只臂挽梯，一手持枪，且发且吆喝而进。虽城垣上机关枪弹，密如雨下，而前仆后继，无稍畏馁，热血如潮，紧张不可耐。但见登城之人及半，忽而下坠，未几即有继者。如是者约两分钟，北门之上，已现出青白向日之旗帜矣。"在惠州城外第七兵团阵地上，战火正酣，烈焰腾空，熊雄组织十几名共产党员军人组成敢死队，向敌阵地发起进攻，在蒋先云的带领下顺利攻下该阵地。而后，惠州城墙下在敌人密集的炮火中，蒋先云带领部队冒死前进，第一个爬上城头，挥动大刀，敌军纷纷倒下，顺利攻克惠州城，东征军战士齐声欢呼胜利。另外，东征军的钢铁纪律、政治宣传以及敌军的腐败，也是取得这次胜利的重要因素。

　　熊雄在第二次东征中，除了做好第一军中共党支部书记的工作外，也全程参与了二次东征的宣传工作。他指出此次东征的重要意义：一是要打倒勾结帝国主义、蹂躏东江人民的陈炯明等逆贼，拯救东江人民于水深火热之中，谋东江统一和平；二是要统一广东，进而统一全国，谋全国人民长治久安，完成国民革命。他在东征日记中写道："我们既然是为人民而战，为人民的利益而重征东江，人民天良犹存，如此恩人，自然拥护敬爱之不暇。"

经过一个多月的战斗，东征军击溃了陈炯明叛军，收复了东江，同时又进行了南征，英勇善战，前仆后继，使陈军闻风丧胆，相继克服高州、钦州、廉州等地，歼灭邓本殷部，统一和巩固了广东革命根据地。

十、黄埔军校的重要领导人

熊雄最精彩的人生在黄埔军校。熊雄主持黄埔军校政治部工作期间,正是军校第四、五、六期学生及入伍生同时在军校学习的时期,再加上学生军高级班、政治训练班的学员共计1万多人。

惠州东征战役结束之后,熊雄从前线赶回广州黄埔军校,担任黄埔军校入伍生政治部主任,入伍生部长是方鼎英。

入伍生亦即为预科生。黄埔军校是培养军官的学校,在军校招生的第一、二期学生中,考生大多数都是通过各地国民党党部和共产党地方组织引荐,因此都是一些有革命思想、远大抱负和参加过进步活动的有志青年,具有较好的思想政治素质和较高文化水平。在军校第一期500名学员中,有共产党员43人,由蒋先云担任第一书记。如第一期学生中,有大学毕业生18人，大学肄业生63人，专科毕业生26人，专科肄业生46人，师范毕业生46人，高中毕业生159人，还有很多人在旧军队中有从军经历。到第三期招生时，由于招生人数增多，一些小学未毕业但思想要求进步的农家子弟也来报考，这批人其他条件尚可，只是文化水平低些，且从未摸过枪杆子。于是军校从第四期开始，熊雄亲自参与了招生考试工作，将这一批人编在入伍生部，从最基本的军事知识学起。经过短暂的入伍生锻炼后，再行考试，合格者才转为正式军校学员。

第二期中共黄埔直属支部于1924年11月成立，书记为杨其纲，中共广东区委军委成立后，直接领导黄埔军校共产党的工作。广东区委军委由周恩来任书记，成员有徐成章、李富春、聂荣臻、张伯简、熊雄等。

第四期政治班的460名学生中，就有党员99人，杨其纲任党支部书记。第四期学生受到熊雄的全程教育。第四期入伍生招考七次计2654人，编为一、二、三团。第二团进驻惠州，担任警戒。为便于管理，新成立入伍生部，入伍生部设秘书、总务、军事、外语等科。在入伍生部期间，每天清晨，起床号一响，军校学生来到操场，总能看到穿着整齐的熊雄在操场上等候，他马靴马裤、皮带绑腿，干净利索，从不马虎。经常集合入伍生训语，灌输革命思想，提倡身先士卒，培养遵守纪律和吃苦耐劳精神，自觉磨炼革命意志和军事技术，以期成为国民革命所需要的军事人才。这时第三期学生已调回军校继续训练。

中共广东区委是1924年10月在中共广东地委基础上组建的，又称中共两广区委，辖两广、云南、福建及南洋各地党的工作。担任区委委员的多是年轻有为、富有活力的人物，包括陈延年（陈独秀长子）、周恩来、罗亦农、彭湃、张太雷、熊雄、恽代英、苏兆征、蔡畅、邓颖超、邓中夏、林伟民等。

随着革命形势迅速发展和革命队伍不断壮大，加强军队的政治工作尤显重要和紧迫。为此，中共广东区委于1925年年底提出了在黄埔军校增设政治科专门培养军队政治干部的建议，从欧洲和苏俄考察归来的邓演达重返军校任职后，积极支持这一建议，并和中共广东区委有关领导以及苏俄顾问等就此问题进行过多次商讨，再向校长蒋介石交涉，终于得到蒋介石的同意，军校开始设立政治科。

1926年1月1日，蒋介石、熊雄、邵力子等人出席在广州召开的国民党第二次代表大会的开幕式。1

月6日，熊雄出任黄埔军校政治部副主任（时政治部主任仍由邵力子兼任，因他是军校秘书长，不能经常驻校，政治部部务工作由熊雄主持。同年7月，邵力子奉蒋介石之命去苏俄开会后，政治部工作由熊雄全面负责），同时参加中共广东区委执委和军委，是中国共产党在军校的主要负责人。3月，还兼任潮州分校政治部主任。

1月8日，邓演达任黄埔军校教育长，主持军校校务工作。熊雄十分强调并致力于政治教育以及加强政治部的组织和制度建设工作，深得邓演达的重视和支持。他们相互配合，从而促使军校政治工作迅速有效地开展。

1月17日，军校举行第三期学生1224人毕业典礼，宋庆龄、何香凝等党政高级官员和军校各部处官长出席。典礼之后，大部分学生毕业出校，只留300人组织军事政治训练班，加紧教育，预备校中的下级干部。

1月21日，军校师生集会纪念列宁逝世两周年，邓演达、熊雄和苏俄顾问在会上发表了演说，介绍了列宁的革命理念和革命活动等，勉励大家继承孙中山和列宁的遗志，为国民革命和世界革命而奋斗。

根据黄埔军校《第四期教职员名录》及《第四届

特别党部委员名录》，军校第四期教职员中的共产党员有32人：邵力子、熊雄、于树德、恽代英、陈启修、戴任、范荩、杨宁、安体诚、廖划平、李合林、张秋人、吴云、王懋廷、杨其纲、邝鄘、饶来杰、黄铁民、毛泽覃、胡灿、宛希先、应威、孙树成、韩濬、陈赓、胡公冕、陈奇涵、蒋作舟、曹伯球、刘轶超、蒋先云、白鑫。另，名录中缺载的有宋云彬、高语罕、应修人、阳翰笙、雷经天、李世璋等6人。故第四期教职员中的共产党员共38人。

  为适应革命形势的发展，党与政府决议统一军事教育机关，将国民革命军各军开办的军事学校合并到黄埔军校，并将陆军军官学校改组为中央军事政治学校，隶属国民政府中央军事委员会，地址仍在黄埔。军校更名意味着军事教育与政治教育并重，培养的学生成为既懂军事工作又会政治工作的革命干部。改组工作即从2月1日开始，旋由党与政府任命蒋介石、邓演达、严重、邵力子、熊雄、陈公博、冯宝森等七人为改组筹备委员。这时，第四期入伍生2000多人即将升学考试，第五期入伍生正在招考。第四期学生中，入伍生升学的为三分之二，三分之一为各军军事学校的学生。熊雄亲自主持新设的政治科学生入学考试，经过认真考试，选拔了政治科学生500人，占第四期学生五分之一，其中大部分是共产党员、共青团员和政治上优秀分子。成立政治大队，熊雄兼任大队长，下分三个队，委陈奇涵、刘先临、詹觉民三人为队长。同年5月，大队长一职由军校管理处卫兵长、共产党员胡公冕专任。四期学生还设步科（分一、二两个团，团长为张治中、张与仁）、炮科、工科和经理科。

  熊雄按照党中央的指示，从黄埔第四期招生之际，"速选多选"共产党员、共青团员和国民党左派入伍，以改造军校学员的整体素质。3月8日，第四期学生2600余人举行开学典礼。到会的有各界来宾数百人，国民革命军各军军长亦到会祝贺，盛况空前。第四期学生毕业时，熊雄在主席台上讲话："今天是同学们毕业的日子，也是你们光荣开赴前线的日子。同学们提前毕业，是因为前线急需补充干部，补充兵力。你们前去，是为了拯救还在北方军阀压迫下的水深火热的人民，进而谋求全民族的解放。我们今天的离别，绝不像在封建社会中什么'风萧萧兮易水寒，壮士一去兮不复还'，也不是儿女英雄，悲欢离合，诸君此去如果因劳瘵而死，或因作战而死，都是为了革命而死,我们对于这些在革命意义之下牺牲的同志,不仅掉了眼泪,悲伤着便完事,还要继续去牺牲,去完成他们未竟的事业……"台下引来一阵雷鸣般的掌声。

熊雄在军校工作期间,坚决贯彻党的主张和路线,认真执行军校办校方针,勤勤恳恳,踏踏实实,进行强有力的政治工作,注意与各方面的有机配合,为培养革命军队需要的大批军事和政治干部,支援国民革命军北伐,巩固广东革命根据地,做出了重要的贡献。他和教育长邓演达等,相互配合,积极工作,如定期举行校务会议、政治工作会议、政治工作扩大会议等,研究有关政治教育和宣传等工作,全力致力于政治部的组织和建设制度,使政治教育能够系统地进行,以期达到预定的效果。

随着革命形势的迅猛发展,急需大批的军事和政治工作干部,决定第四期学生2247人提前毕业上前线,第五期入伍生3000余人举行升学考试(并规定7月31日前入学为第五期,以后的为第六期),至10月招收第六期入伍生已达4000余人,另设学生军,没有录取第六期入伍生的考生可以报考,学习期限为九个月,并成立军士教导总队,在湖南等地招收学生,学习期限为六个月。同时还开办了各种军官学习班。

除南宁分校外,还在长沙、武昌两地设立中央军事政治学校的分校。此时,按教育的程序,军校大概可分为学生队、高级班、入伍生、学生军和军士教导队五类。军校直属的官生兵大约有2万人。他们来自全国26个省,并有缅甸、越南、朝鲜、南洋等地革命青年前来学习,这时是中央军事政治学校的鼎盛时期,不少师生成为国民政府各部门和国民革命军各军的骨干。因此,军校曾被誉为"国民革命的中心"。

军校声名远播域内外,因而岛内外、省内外、国内外慕名前来参观、访问和学习的人络绎不绝。凡来校的国内外宾客,均由军校政治部派员接待和指导。有时,熊雄亦亲自参与。在介绍军校发展情况、教育情况的同时,着重宣传孙中山的"联俄、联共、扶助农工"三大政策和国民革命运动以及与世界革命的关系。同时,还组织黄埔地区军民联欢会、黄埔农工商学兵联合会,以扩大黄埔的影响,实行武力与民众结合,推进国民革命运动的发展。

1926年12月14日,熊雄担任黄埔军校第七任政治部主任。此前担任政治部主任或代主任的分别是:戴季陶、邵元冲、周恩来、包惠僧、汪精卫、邵力子。熊雄接任主任后,聘请于树德、廖划平、李合林、王懋廷、高语罕等一批共产党员到军校担任政治教官，为中国大革命造就了一大批黄埔精英，这是军校政治部工作的一个里程碑。

熊雄担任军校政治部主任期间的另一项重要工作，就是制定《官长政治教育计划》和《政治教育大纲》。这也是项非常重要的工作，因为它关系到政治教育的教学内容、教学原则等重大问题。《政治教育大纲》后来以《中央军事政治学校政治教育大纲草案》的形式正式公布。

在黄埔军校受教的对象，除青年学员外，军校内各部、处准尉以上军官每周都必须集中学习，听有关人士的讲演，《官长政治教育计划》就是为此而制定的。熊雄任黄埔军校政治部主任时间仅一个月左右，因此这个《官长政治教育计划》真正起作用也是在改组后的中央军事政治学校时期。

熊雄担任"军队中政治工作""本党宣言训令"两门课的讲授。同时还请军校负责人、政治教官和社会名人毛泽东、周恩来、刘少奇、张太雷、谭延闿、张静江、何香凝、陈其瑗、鲍罗廷、邓中夏、苏兆征、吴稚晖、吴玉章、罗绮园、鲁迅等人作形势、任务、政策及其他专题的演讲。其中，邓中夏讲《香港罢工之经过》、彭湃讲《海丰农民运动之成绩》、吴玉章讲《中国革命与世界革命的关系》、鲍罗廷讲《革命的基础问题》，都是场场爆满，掌声不绝。

政治部还定期组织政治讨论、政治问答、政治测验、政治演讲竞赛和对士兵民众进行政治宣传实习等，以巩固学生的政治训练成果。主要观点是分清共产主义与民生主义，分清共产主义与无政府主义，分清列宁主义与考茨基主义的界限，并规定各营连长和政治指导员随时考查学生的品性、思想及主义，作为政治教育实施之参考。同时，不定期地组织学生参加民众运动。

黄埔军校创办过程中，校内的国民党左、右两派及国民党右派与共产党的斗争就非常激烈，蒋介石表面上赞成革命，但他从未真心拥护联俄、联共政策，从未真心与共产党合作。1926年3月20日，蒋介石制造了中山舰事件。他调动军队宣布戒严，断绝了广州内外交通；逮捕中山舰上共产党员李之龙、聂荣臻及其他一些共产党员，扣留了中山舰和其他舰只，驱逐除了黄埔军校中以周恩来等为首的共产党员，师生不能随便出入学校。经过党的交涉，蒋介石自感羽毛未丰，慑于左派势力强大，不得不于当天释放了他们。

中山舰事件后，聂荣臻被免去了在黄埔军校的职务，恽代英、聂荣臻、陈赓先后由党中央指示调离军校。

在这突发的事件面前，熊雄命令政治部全体人员保持常态，静候党的指示，使这一事件未能波及政治部。事后，熊雄即向中共广东区委汇报了军校的情况。陈延年、周恩来同意了熊雄要求加强党对军校的领导力量的意见。于是军校成立了中共党团这一组织，并由区委派驻军校的专职特派员，协助负责党的组织工作，足见中共广东区委对军校工作的重视与支持。

中山舰事件后之第三日晚间，蒋介石在校本部集合第四期学生训话，他歪曲中山舰事件发生及其经过，并说，本校长不革命反革命，同学们也应该打倒我。此时，政治科学生王襄即提问："汪党代表到哪里去了？"蒋介石尴尬地回答："汪先生有病，正在接受治疗。"接着，政治科学生曾中圣提问："周主任到哪里去了？"蒋介石还未回答，政治科学生叶德生、裘树凯等也相继提问，一时"报告"之声迭起，各队队长只好三缄其口。熊雄见此情形，当即走向讲台，招呼同学："要遵守秩序，好让校长一一作答。"校值星官、经理处处长俞飞鹏趁机说："请校长休息一下。"蒋介石便从后门一走了之。会后，熊雄找王襄同学谈话，谈及当前的形势，交代要遵守纪律，注意方式方法，并要他转告有关同学，在党小组内进行一次教育。

黄埔军校"中国青年军人联合会"（简称"青军会"）是周恩来领导的一个进步组织，熊雄、聂荣臻、陈奇积极组织活动，与国民党右派组织的"孙文主义学会"和"戴季陶主义"进行了坚决斗争。4月6日，蒋介石借口青军会与孙文主义学会右派组织"于集体化、纪律化之旨相妨碍"，下令这两个组织"一律自行取消"。青军会根据党的指示，为了顾全大局，于4月10日通电"自行解散"，表示"以拥护革命为始，亦以拥护革命而终"，义正词严地肯定了青军会在团结革命军人、宣传孙中山三大政策及讨伐陈炯明、平定杨刘叛乱、联合工农开展反帝反军阀斗争、巩固广东革命根据地的作用。接着，蒋介石另组黄埔同学会，自任会长，并以原孙文主义学会骨干分子把持会务，排挤在黄埔同学会任职的共产党员，秘密调查和监视军校中共产党人的活动。

在军校中，最初有中共支部负责党的组织工作，至中山舰事件前，已发展公开的共产党员达到320人，他们在军校各方面发挥着积极的作用。

1926年8月25日,黄埔军校召开了有2000余人参加的拥护省港罢工大会,请全国总工会负责人刘少奇作了报告。熊雄还邀请全国总工会委员兼省港罢工委员会主席苏兆征到军校作报告。

蒋介石组织的黄埔同学会,秘密调查共产党员的活动,排挤黄埔同学会中的中共党员。熊雄和"党团"领导共产党员和共青团员,对此进行了无情的揭发和斗争。蒋介石的亲信曾扩情认为这些活动都是熊雄有计划策动的,便以书面密报给蒋介石。在南昌坐镇的蒋介石接到报告后非常恼怒,大叫"反对曾扩情就等于反对我",连曾扩情也说:"蒋介石到了南京后,对共产党员同学残酷镇压和杀害熊雄,可能在当时已经下定了决心。"

中山舰事件后,中共广东区委为适应新形势的需要,决定将军校中共支部改为中共特别支部,另设中共党团,统一领导党在军校的工作,以熊雄为书记,恽代英、安体诚、杨其纲为干事,调区委宣传部助理饶来杰为区委驻军校特派员,协助工作。饶来杰公开身份是军校政治部图书室管理员,饶来杰调宣传科发行股任股长后,图书室管理员由毛泽覃接替。中共广东区委对军校中共党团工作明确指示："党在军校的中心任务是：团结左派，争取中间力量，反对极端的反动势力，积极宣传孙中山三大政策和国民革命运动，加强政治教育工作，培养配备革命军队军事政治骨干和后备力量，为国民革命军北伐做好充分准备。"熊雄据此指示，采取有力措施，积极开展工作，收到了显著的效果，使军校政治工作有了新的发展，保持和扩大了党在军校的领导地位和积极影响。

当时，在广东军队中，共产党的力量和影响很大。国民革命军中有一千余名党员，一、二、三、四、六军的政治部主任都是由共产党人担任。特别是蒋介石为军长的第一军三个师的党代表，有两个是共产党员，九个团党代表中有七个是共产党员，黄埔军校政治部中共党员超过了三分之二。

蒋介石在国民党二届一中全会上抛出"整理党务案"，规定共产党员在国民党中央党部、省党部、特别市党部执行委员人数不得超过全体执委的三分之一，共产党员不得担任国民党中央党部的部长，跨党党员不宜任党代表之职务，旨在削弱共产党力量。1926年6月7日，蒋介石到黄埔军校发表讲话，要军校中的共产党员声明党籍，不准跨党，并以高官厚禄拉拢收买公开了身份的共产党员。在事关共产党组织在黄埔军校生死存亡的紧要关头,熊雄在《黄埔日刊》发表文章,与蒋介石言论进行针锋相对的斗争,强调孙中山"容纳各派分子的主张"是不移易的原则,指出共产党"是代表工人的政党",自有其独立性,公开揭露蒋介石的反革命篡权阴谋。熊雄根据党的指示,坚守工作岗位,立场坚定,保持独立,号召革命势力团结起来,布置部分党团员和左派分子转移,保存革命力量,使军校的共产党员无一人退党,始终保持旺盛的革命气氛,成为支援北伐战争的坚强后盾,奏响了人生的最强音。

十一、革命军队政治工作的开拓者

中国共产党成立后，由于尚属幼年，没有自己独立的革命武装，根据中共中央"关于特别注意军队里的宣传""最先便要注意军官学校"的要求，周恩来等一批重要干部被派到黄埔军校从事政治工作。周恩来在黄埔军校按照党的要求做了大量的领导工作。熊雄在周恩来的领导下，继承和发展了党的政治教育，不断开创了新局面，是黄埔军校政治工作的鼎盛时期。

黄埔军校仿效苏联红军的经验，设立党代表和政治部。这是在中国军队首次建立的新型政治工作制度。除军校设党代表外，在各教导团和后来的部队中，从连至师设立党代表，中国共产党作为黄埔军校政治教育的实际组织者和领导者，为黄埔军校的政治教育做出了重大贡献。从1924年4月，军校第一期开学至1927年"四·一二"反革命政变前，中国共产党先后派遣了张申府、周恩来、熊雄、恽代英、萧楚女等重要干部到军校开展思想政治工作，为军校创办作出了重大贡献。周恩来任职期间，锐意整顿政治部，设立了指导、编纂、秘书三股力量，使军校的政治工作面目一新。熊雄在周恩来领导下，主政黄埔军校政治工作后，紧密团结军校中共产党人和国民党左派人士，确立了政治部的职责，"是负担政治教育及在学生与人民群众中发展国民革命的意识之唯一机关。政治部对党及党代表负责，党代表命令并指导政治部，务使严重（格）的军队纪律在正确的政治认识和指导之下，以巩固战斗力之基础，使部队成为严密的组织"。至于校军属下团队之党代表，皆由政治部管理。

　　熊雄主持政治部会议，旁边是政治部秘书聂荣臻，熊雄讲话指出："今后的政治工作，必须对学生官兵实行全新的政治教育计划，使他们具有正确的政治知识，自觉地遵守革命纪律，坚持本党主义之信仰，完成国民革命之历史使命，为达到这一目标，本部在组织上增强力量，在主任、副主任、秘书之下设总务、宣传、党务三科，分别由陈良同、吕河彬、杨大纲同志负责，另聘请恽代英、萧楚女、吕河彬为本校政治教官。"当时黄埔军校有共产党员一千余人。

新设政治主任教官,以负责全校政治教育之实施,督同各政治教官实施政治教育以及与各营连的政治训练的联络工作。聘请在国民党"二大"新当选国民党中央执行委员的共产党人恽代英为政治主任教官,还聘请了孙炳文、萧楚女、高语罕、张秋人等一批共产党员为教官,从而军校政治教育和政治训练有了专人统一管理,政治教育的收效更为明显。

熊雄为了调动军校学生的情绪,还组织陈祖康作词、林庆培作曲共同创作了军校校歌,这首校歌雄壮而铿锵有力,在校内外广为传唱,鼓舞着黄埔学生奋勇向前。

> 怒潮澎湃,
> 党旗飞舞,
> 这是革命的黄埔!
> 主义需贯彻,
> 纪律莫放松,
> 预备做奋斗的先锋,
> 打条血路,
> 引导被压迫民众,
> 携着手,向前行!

路不远，
莫要惊。
亲爱精诚，
继续永守，
发扬吾校精神，
发扬吾校精神！

熊雄主持黄埔军校工作时期，是一个"人才辈出的时代"，大文学家茅盾、郭沫若、成仿吾都在黄埔做过教官，鲁迅在黄埔做过演讲，女作家谢冰莹写出了闻名中外的成名之作——《从军日记》，成为世界闻名的作家。

熊雄在黄埔军校主持政治部工作一年零五个月，以出众的才华使军校政治部的面貌焕然一新，组织机构有较大变化，工作内容有新的扩展，建立和健全了各项工作制度，亲自讲授"军校中的政治工作"等课程，并创办了《黄埔日刊》和《士兵之友》等刊物，使之成为重要宣传阵地。初期的编委会由军校政治部、宣传科科长安体诚任主编，编委会全体是共产党员，熊雄、恽代英、萧楚女等是主要撰稿人，并定期举行各种讨论会，组织宣传队，参加民众运动等多种形式，对黄埔学生进行生动活泼的革命思想教育，组织修改编写了黄埔军校校歌。同时，政治部还大量编印书刊、画报、传单等发往全国和东、西洋各大埠，广泛传播革命火种，使政治教育工作有很大创新。

黄埔军校前三期有步兵、炮兵、辎重、工兵等科，而没有设政治科。1925年年底，中共广东区委提出在黄埔军校增设政治科，以专门培养军队政治工作干部的建议，得到当时军校的教育长邓演达的积极支持。熊雄主持政治部工作后，曾与邓演达一起多次商讨，并向校长蒋介石反映，最终得到蒋的同意。于是军校决定从第四期开始增设政治科，以专门培养军队政治工作干部。第四期政治科招生500人，约占全期学生人数（2000多人）的五分之一，这等于在黄埔军校内增设了一个二级学院——政治学院。政治科的学生编入政治科大队，先是由熊雄兼任大队长，后由胡公冕任大队长，下设3个队，分别由陈奇涵、刘先临、詹觉民任队长。政治科大队直接由军校政治部管理。特设政治科，是军校由"陆军军官学校"改组为"中央军事政治学校"的一个重大成果。

军校改组的重大成果，还体现在改变了黄埔军校单纯军事学校的性质，使之成为军事与政治并重的一所革命学校。正如熊雄所指出:"尤其是改组后,本校由单纯的军事学校而变成军事政治并重的革命党员制造所。"这是黄埔军校历史发展的重要一步。军校性质的改变使政治教育的分量加重。军校从第四期开始,真正实施了军事、政治并重的方针,最突出的改革是制定了《政治教育大纲草案》,提出了"两个打成一片",即军事与政治打成一片,理论与实际打成一片。其中,军事与政治打成一片是军校教育方针的"总原则"。

1926年5月3日举行的第一次会议,决议了三件事:一是分散军官研究班到各处工作;二是《黄埔潮》杂志自5月起改作月刊,内容分军事、政治两大门;三是官长政治教育由校长直接负责,每星期作一次政治演讲,勤务兵政治教育先由政治部拟订计划,其他各团队教官的政治教育由政治部负责。设立了政治工作会议制度。

1926年3月军校改组之后,仅设政治与训练两部,原来的有些部都改成了处。军校的教育会议亦分为政治教育会议和军事教育会议,军事教育会议由训练部举行,政治教育会议则由政治部举行。不定期召开政治教育会议,专门讨论解决政治教育中出现的问题,议决一些政治教育中的重大事项。

按照政治部制订的教育计划,军校的政治课程达26门之多。政治教育课程内容大为扩展,其中针对士兵的训练课程就有:"三民主义浅说"(授课6次)、"本党政策"(4次)、"国民革命概论"(6次)、"不平等条约概略"(6次)、"帝国主义浅说"(6次)、"中国政治经济状况"(3次)、"农民运动"(3次)、"工人运动"(3次)、"失业问题"(3次)等等。

军校为了掌握学生品性之修养、思想之整理、主义之信仰,每月都要对学生进行详密调查,"以免散漫无稽而收统一严整之效"。各团、营、连长都"应随时注意精细考查,并将考查所得于每月底作详细报告,逐名加具评语,呈由直属长官汇报,以凭考核"。

黄埔军校经常举行政治讲演竞赛与政治宣传实习,这主要是针对学生的一种训练措施。政治工作之成效有赖于口头宣传,故军校的政治教育十分注意养成学生的讲演技能,一方面举行政治讲学竞赛,提高练习讲学之兴趣;一方面实际向民众讲演,借以锻炼宣传之技术,以便将来能更好地担任宣传工作。如1926年7月1日,各连、科、队选出学生,在教授班举行竞赛，讲演题目为《中国民族革命之意义及其策略》和《三民主义与中国》。9月9日，第四期政治大队的学生在郊外野营演习地对附近的民众作了"此次野营演习之意义"的宣传。

政治部规定本校学生每月需填写政治部发下的政治问答表，经常开展政治调查、政治讨论和政治测验，以检查学生掌握政治知识的进度，据此制定政治训练之标准。

军校注重士兵与民众之政治教育。这主要是针对下层士兵如勤务兵、后勤人员和普通民众的教育。由政治部派员，每星期作一次政治报告，课为"三民主义浅说"等，"以广见闻而增其革命思想，提高其政治知识"。对黄埔岛上的民众教育，政治部也不放松。1926年7、8月间，在熊雄等人努力下，还在岛上积极筹办了黄埔中山小学，结束了岛上民众没有文化教育的历史。

总之，黄埔军校实施政治教育，是中国军校教育史上的一个创举，这里面浸透着中国共产党人的心血，也是以周恩来、熊雄等为首的共产党人对黄埔军校贯彻了中国共产党的主张，为我党培养了大批军事、政治人才。许多学生也自觉接受了马克思列宁主义，并把它作为终生奋斗的事业，熊雄实际上是黄埔学员革命的引路人，思想灵魂的导师。

也正因为黄埔军校有了强有力的政治工作制度和政治思想教育，才使孙中山的办校宗旨得以实现。军事政治与后来毛泽东的"三湾改编"形成一致。毛泽东在抗日战争初期与英国记者贝特兰的谈话中，对黄埔军校的政治教育工作给予极高的评价："那时军队设立了党代表和政治部，这种制度是中国历史上没有的，靠了这种制度使军队一新其面目。1927年以后的红军以至今日的八路军，是继承了这种制度而加以发展的。"历史证明，在周恩来、熊雄等领导主持军校政治部时期，革命的政治工作制度和政治思想教育对建设一支人民军队起了重要作用，建立了不朽的功勋。

熊雄1922年就加入了共产党，深得马克思主义理论之精髓与奥妙，又有留学法、日、德、俄的经历。在黄埔军校的政治教育及军队政治工作中有以下建树：

第一，提出"两个打成一片"的教育理论。黄埔军校成立之初，提出了要实施军事、政治并重的教育方针。该方针是根据孙中山关于既学军事又学政治的指导思想来制定的。孙中山在军校开学典礼上演说，要求学生要有高深学问,"关于军事学和革命道理的各种书籍及一切杂志报章都要参考研究"。但是,当时谁也没有把孙中山的这一思想提高到理论上来论证。

第二,提出"黄埔精神是唯物的"观点。与黄埔军校历史相联结的,是军校锻造和弘扬一种爱国革命、勇于牺牲、团结合作为主要特征的"黄埔精神",这是军校政治教育的主要成果,也是国共合作精神的体现,是黄埔军人克敌制胜的重要法宝。

第三,提出全新的"革命生死观"。1926年下半年,国民革命军开始北伐,由于战争的需要,军校中第四期学生提前毕业,奔赴前线,第五期中的一部分学科也移驻武汉。在送别学生上前线之际,未免使人伤感,因为毕竟战争是残酷的,分别后的同学是否还能见面,谁也说不准。对于生与死的问题,熊雄对上前线的学生说,若是为革命而死,意义是很大的。

为了有效进行政治教育,扩大黄埔军校的影响,在熊雄推动与组织下,各种书刊和宣传品如雨后春笋,大量印刷发行,有期刊、特刊、文集、讲义、丛书、画报及传单等等。据1926年11个月的统计,印刷即达千万份以上。发行点有三四千处,几乎遍及中国各省和东西洋各大埠，至1927年4月18日，被军校反动当局查封的书刊就达12种10万余册，其中《过去之一九二六年》《帝国主义侵略中国史》《帝国主义集》《政治问答》《党的常识》等各1万余册。据初步统计，黄埔军校恽代英出版了《政治学概论》《中国民族革命运动史》《中国国民党与农民运动》等多部论著和讲义，发表文章40多篇；萧楚女出版了《社会学概论》《中国民族革命运动讲授大纲》等多部论著和讲义，发表论文20多篇；聂荣臻翻译了《苏联红军的新首领》；共产党员游步瀛在《黄埔潮周刊》发表论文20多篇，从正面宣传了共产党的主张和革命道理。通过发行书刊，有力地推动了马克思主义在军校的传播，吸引了一大批军校学生入党，成为日后中国共产党武装斗争的重要力量。

熊雄还亲自为军校第四、五、六期学生和入伍生上课，在学生面前，他从不摆长官架子，是一个稳重、开朗、随和而又坚定的马克思主义者，是一位耐心的导师，是位有着高深政治理论的领导，宽厚和蔼的"熊婆婆"。他讲课深入浅出，旁征博引，侃侃而谈，条理清楚，他教导学生要分清敌我，热爱工农、团结群众、不领钱、不怕死、爱百姓、抛弃个人功名利禄、为劳苦大众的利益而奋斗，让大家在不知不觉中接受革命的理论，使军校学生不仅懂得军事，还会做政治工作。他在《列宁与黄埔学生》一文中，提醒"黄埔学生，当然是革命的，当然应作为一个彻底的革命军人，要走革命之路"，这支上万人的学生队伍是一群非常优秀的政治、军事人才，他们用生命和鲜血，在北伐战争、南昌起义、秋收起义、广州起义和抗日战争中发挥过非常重要的作用，他们的业绩永远铭载史册。

1927年1月，军校政治部将熊雄、恽代英、萧楚女、张秋人等在《黄埔日刊》发表的政治问答汇集出版，影响很大。黄埔军校的政治工作在周恩来任政治部主任，熊雄任政治部副主任及主任期间出色的工作，使军校的工作面貌焕然一新。熊雄是继周恩来之后中国共产党在黄埔军校的主要领导人，也是人民军队政治工作奠基人之一。

张申府、周恩来、熊雄、聂荣臻等回国后在黄埔军校仿效苏联红军的经验，建立党代表和政治部，是其黄埔军校的突出特点，开创了革命军队政治工作的先河，对于保证国民革命军东征北伐的胜利起了非常大的作用。从黄埔军校走出的中国共产党人，后来有的成为中国共产党著名的政治家、理论家、外交家，其中著名将领就有陈毅、徐向前、聂荣臻、叶剑英、陈赓、叶挺、蒋先云、王尔琢等。在共和国十大元帅里，有5人曾是黄埔军校的教官和学生；在十位大将里，有3位毕业于黄埔军校。而曾经在黄埔军校学习过的上将有8人、中将9人、少将11人。

　　熊雄负责招收的军校第四期学生素质都比较高。据统计，该期学员毕业后，在共产党军队中履任师长以上级别的有53人，其中在中华人民共和国成立后被授予军衔的有：林彪（元帅）、萧克（上将）、郭化若（中将）、倪志亮（中将）、唐天际（中将）、李逸民（少将）、方之中（少将）、曹广化（少将）、洪水（少将）、白天（少将）。

　　黄埔军校培养了一批又一批革命先驱和优秀人才。一代黄埔人，半部中国近代史。1926年7月，北伐黄埔军校师生成为北伐军的重要骨干力量，不少人在北伐军中担任了各级将领和指导员，赫赫有名的叶挺独立团，以共产党员和黄埔学生为战斗核心，长驱直入，克长沙、武昌、南昌、福州、杭州、南京、上海，打垮了吴佩孚，消灭了孙传芳数十万军队，取得了伟大的胜利。从北伐战争到土地革命战争再到抗日战争再到解放战争，战场上双方的主角基本上是从黄埔军校出来的。熊雄把马克思主义的普遍真理与黄埔军校的实际相结合，创造了许多建立人民军队的宝贵经验，黄埔军校培养的是一群有政治理想和革命信仰高度统一的军人，也就是我们所说的"军魂"和力量之源。这是人民军队战胜国民党反动军队的政治和思想基础，正是这支我党掌握的部队从黄埔出发，经过浴血奋战，最终打垮了国民党上百万军队，赢得了解放战争伟大胜利。

十二、坚持斗争

敢于斗争是中国共产党人不可战胜的强大精神力量，敢于斗争和善于斗争是熊雄一生中最鲜明的政治品格。黄埔军校内，国民党左派与右派、国民党右派与共产党的斗争非常激烈。熊雄坚持国共合作统一战线原则，团结左派，争取中间力量，反对极端反动思潮，与军校内右派进行坚决斗争。

随着全国革命形势的发展，广东革命根据地日益巩固，使帝国主义及其走狗惴惴不安。他们千方百计破坏国共合作，谋划迫害共产党人和中国国民党左派，并把打击锋芒首先指向黄埔军校的革命师生，对熊雄有力的工作进行无端攻击和横加干涉。

熊雄和政治主任教官孙炳文等，经常分析形势，研究如何团结左派、争取中间势力、回击右派的破坏活动。在坚持正面的教育与宣传引导的同时，注意运用各种纪念日组织活动，集中宣传孙中山三大政策和国民革命运动，并在《黄埔日刊》刊出每周口号，指明当前的形势和任务。《黄埔日刊》由当时的中央军事政治学校的政治部宣传科负责出版发行，是一份革命性很强的刊物。由军校政治部宣传科科长安体诚任主编，宣传股长宋云彬、李逸民等任委员，编委全部都是共产党员，熊雄、恽代英、萧楚女等是主要撰稿人。《黄埔日刊》内容丰富，从国内新闻到国外大事，革命之路，融知识性理论性为一体，影响较大。通过这一系列政治教育和宣传工作，使得党的主张和指示得以有效地贯彻，从而有力地巩固和增强了革命势力的地位，揭露和回击了反动势力的破坏。

北伐军的主要敌人为直系军阀吴佩孚、孙传芳和奉系军阀张作霖、张宗昌，总兵力达百万。北伐军攻克南昌后，蒋介石曾一度主张国民党中央党部和国民政府迁往武昌，以提高党政威信。可是到1927年1月，蒋介石又借中央政治会议议决，"国民党中央党部和国民政府暂驻南昌"，而且对广东后方和黄埔军校进行了更加严密的控制；甚至连军校补充一名政治教官，都要请示和得到南昌总部的批准。

1月初，由奉系军阀控制的从北京来到广州的共产党人刘弄潮，政治主任教官孙炳文介绍他到校本部找熊雄谈到军校任教一事，熊雄当即表示欢迎，并说："现在补一名政治教官，都要请示南昌总部，这是一种新情况，我马上去电报，一有回电即告诉你。"月中，熊雄来到孙炳文的广州寓所告诉刘弄潮任教一事，说："总部回电不予同意，这是意料中的事，他们就是不让共产党人进黄埔。"由此可知在军校工作的共产党人工作的艰难与环境的险恶。但是，熊雄格外注意利用各种有利的条件，开展政治教育和宣传活动，以巩固和扩大党在工作中的作用和影响。

1月21日，《黄埔日刊》出版了列宁逝世三周年纪念专号，发表了熊雄等人的纪念文章。23日，军校师生举行了纪念大会，方鼎英、熊雄和苏俄顾问分别讲话，赞扬孙中山与列宁是当今世界两大革命导师，并派学生500人及宣传队12队分赴各地宣传。熊雄在《列宁与黄埔学生》一文中高度赞扬了列宁伟大的一生，列宁"这个名字，可以使全世界一部分人听到而怕而骂，又可以使一部分人听到而喜而敬！前一部分人是帝国主义和军阀，是二万五千万以下的少数压迫阶级，后一部分人是革命的民众"。并指出："黄埔学生！你们要认识时代，准备时代需要，为被压迫民众的需要而革命而死！我愿这样和你们同路去死！"一声声疾呼振聋发聩，发人深省。

由于军校的影响日益扩大，1927年来校参观访问者迅速增多。广东各界民众、海外侨胞，还有慕名而来的外国人士，有国际工人代表、驻粤外交官员、新闻记者等。仅1月份就有86个团体1700多人，平均每日三至五批，政治部都认真组织接待。熊雄参与了多次较有影响的内外宾接待工作，有力地宣传了中国革命、国共合作及其创办的黄埔军校，以及进行北伐与世界革命关系等。

日本外务省条约局长佐芬利暨日本驻沙面总领事等于1月11日来校参观，熊雄在午餐会上发表演说，在介绍军校历史及教育方针后说，本校之创办，不是为政府，亦不是为任何团体之利益，乃是为全世界为被压迫民族求解放，为全人类求和平。在谈到中日关系时，他说，所谓太平洋问题，即中国问题，亦即世界问题，并为中日美冲突的问题。希望日本新的外交家、学者和政府当局，应有自动自觉的国民外交，以实现所谓中日亲善及世界的和平。

2月7日，熊雄接见了来校参观的日本东京朝日新闻报社记者竹中繁子一行3人，对于中日两国妇女运动发表了意见,他认为"日本文化在东方之成绩,且为东西两大文化之结晶",使得日本妇女"得受国民教育,而走上解放的道路","中国妇女自五四运动以及最近之五卅运动,伊等皆积极参加"。"中国妇女运动,已成为民族运动之一部分","一为参加革命,二要求政治的与经济的平等,三要求一般文化教育的平等地","日前中国妇女运动,亦正朝此方向进行"。

2月21日,第三国际代表乐易,国际工人代表团法国代表曼诺汤姆、多理越、沙克,美国代表白劳德等来校参观,军校举行了师生6000余人参加的隆重欢迎大会,会场中悬挂孙中山和列宁遗像。熊雄最后致答词时说:"今日的欢迎大会,乃是被压迫民族和被压迫阶级实行携手的第一次,在中国历史上是很光荣的,是我们黄埔学校一个永久的纪念。我们应振起精神,以促进世界革命,与他们一路前进,去打倒帝国主义。"

3月12日是校总理孙中山逝世两周年纪念日,军校师生举行了纪念大会,《黄埔日刊》出版了纪念专号,强调了三民主义不能离开三大政策,批评了驱逐苏俄顾问和排斥共产党员的种种举动。并于3月18

日北京发生的"三·一八惨案"一周年时,发表了《纪念"三·一八"告全国民众书》,强调拥护校总理遗策,勿忘巴黎公社经验,警惕敌人破坏三大政策,为"三·一八"烈士复仇。

3月24日,熊雄率领军校慰问队前往广州第一医院,慰问第四军北伐受伤归来治疗休养的官兵。

3月29日,军校为黄花岗七十二烈士殉难十六周年举行纪念大会,《黄埔日刊》刊登军校《告各界民众书》,表示拥护孙中山三大政策,将国民革命进行到底。

1927年3月26日,蒋介石到上海后,进一步与帝国主义和买办阶级勾结,从革命内部破坏革命,广东国民党反动当局和军校内部的反动势力也露骨地配合,斗争越来越尖锐。

在阴霾四布的广东,军校国民党特别党部于4月3日举行了全体党员大会。"一万五千武装党员一致提出拥护中央四大方案和改选反革命的广东伪省党部的议案。"

到会的有军校官长、学员、学生、入伍生、学生军、士兵1万多人,政治部代表孙炳文、省农民协会代表黄学增、欧一平,广东工人代表大会代表刘尔嵩、夏锦泉、省罢工委员会代表邓伯明、第二军代表李汉藩、妇女运动讲习所、中山大学和中央、省、市党部代表等及各界来宾5000多人。到会代表孙炳文、黄学增、刘尔嵩、邓伯明、李汉藩和李林相继发表热情的演说。

在革命危急之际，4月8日，熊雄如约邀请广州中山大学文学系主任鲁迅先生来军校为师生3000多人演讲，鲁迅由军校职员、共产党员应修人前去广州市内迎接并陪同来到黄埔军校。

鲁迅在政治部主任熊雄的陪同下，来到大花厅。这时大花厅已坐满了军校师生，大家都想一睹这位大文豪的风采。熊雄陪同鲁迅走向讲台，熊雄说："同学们，今天，我们高兴地请来中山大学文学院院长鲁迅先生为大家演讲。鲁迅先生是深受我们崇敬的大文豪，也是坚定的革命者，他今天能在这个非常的时刻，站在这个非常的讲台上，为我们演讲，本身就是对黄埔革命师生的一种最大的支持。"而后，鲁迅作了题为《革命时代的文学》的演讲。鲁迅在演讲中，热情讴歌了革命，他指出革命的终极目的是建立一个"人民的世界"。

他说："有实力的人，并不开口，就杀人，被压迫的人讲几句话，写几个字，就要被杀。"提出了"闭口杀人，开口被杀"的名句。他并举鹰与雀、猫与鼠来说明这种关系，且从实际行动来论证革命武装的必要。而这也说明了鲁迅与熊雄、孙炳文等人的思想是不谋而合的，是肝胆相照的。这对军校师生和革命青年起到一次革命的催化剂的作用，在黄埔军校历史上是值得书写的。

熊雄邀请鲁迅到黄埔演讲，是通过1月《申报》载鲁迅由厦门大学来中山大学任教的消息想到的，他到孙炳文寓所告知刘弄潮"南昌总部不同意刘到军校任教"时，同孙炳文政治主任教官谈起的，并征询了在座的刘弄潮意见和委托去商请的，鲁迅当即向刘弄潮表示同意，并说"怕起不了什么作用"。而后，刘弄潮回复"鲁迅已经同意到军校演讲"时，熊雄十分高兴地说"日后派人专门正式邀请"。

1927年3月底，以蒋介石为首的国民党反动派不断在广州挑起事端，大肆搜捕共产党人和工人纠察队，包围广东省总工会，对黄埔军校进行戒严，被捕的同志都关在黄华路广东造纸厂内，军校内弥漫着紧张的气氛，一时腥风血雨遍及广东。

作为中共黄埔军校党团书记，熊雄在事关共产党组织在军校生死存亡的紧要关头，根据中共广东区委的建议成立了中共黄埔军校党团,由恽代英、熊雄、聂荣臻、陈赓、饶来杰等人组成,任务是团结左派,争取中间力量,反对极端的反动势力,积极宣传孙中山的三大政策和国民革命运动。根据中共广东区委书记陈延年指示,军校中的党团员,"一个也不要向所在单位国民党党部表态,尤其是一向没有暴露共产党身份的,更应保持常态"。熊雄向军校中的共产党员、共青团员秘密传达了区委这一指示,要大家认清形势,看清蒋介石的险恶用心,特别是没有公开身份的党员,要千方百计保存革命实力,为今后的工作奠定组织基础。

在革命的危急关头,熊雄站在时代的前沿,以大无畏精神坚持斗争,号召军校同学坚持革命方向,保持革命警惕,与反动派进行坚决斗争。他对时局洞察秋毫,机智沉着,指挥若定。熊雄一方面布置中共党员团员和进步人士秘密转移,保存革命力量;另一方面继续领导国民党特别党部,以灵活的方式进行战斗。4月4日,黄埔军校召开中国国民党特别党部党员大会,熊雄发表讲话,表示坚决拥护武汉国民政府中央的"四大方案",反对广东国民党当局破坏国共合作的省党部方案。他还积极参加广州的工农革命群众举行示威游行,为保卫革命果实而斗争,不断地揭露和打击国民党的叛变活动。

十三、广州英勇就义

1927年4月12日,蒋介石在上海发动了反革命政变,接着,广东、江苏、浙江、广西等省份也相继"清党",逮捕和屠杀了大批共产党员和革命群众。而后在南京另组国民政府,宣布从广州迁至武汉的国民政府、国民党中央党部的一切决议为非法。在"宁可错杀三千,不可放过一人"的"清共政策"下,对共产党员和革命群众展开大搜捕、大屠杀,共产党人横尸遍野、血流成河,仅广东被杀害的共产党人和革命群众就达2000多人。陈独秀、谭平山、林伯渠、徐谦、吴玉章、恽代英、毛泽东、熊雄等共产党人和国民党左派等193人名字被列在"南京国民政府第一号通缉令"上。

4月13日晚,中共广东区委召开党的负责干部紧急会议,指出当前的紧急局势,提高警惕,准备战斗，采取措施，应对突变。广东的国民党当局要员于14日从上海回到广州，当日下午6时即与钱大钧、朱家骅等策划广州的"清党"反共，决定15日凌晨全市戒严，发动疯狂的反革命大屠杀，并派出军舰监视黄埔军校附近海面。14日晚间，钱大钧等与军校教育长、代校长方鼎英"熟商""处置"军校共产党人的办法。他们害怕军校共产党影响大，左派力量占优势，处置不慎会引起暴动，而不敢轻易下手，因而方鼎英认为："军校政治部诚然被共产党把持，根深蒂固"，熊雄是"公开的共产分子"，然"此举关系全校安危，稍一不慎，难免演成流血惨剧"。特别是逮捕熊雄，"深恐赶狗逼墙"，"难保不打草惊蛇，暴动起来，激成大变"。"熟商"结束时，已是15日凌晨2时，市内"枪声四起，交通断绝"，方鼎英从"广州不能回黄埔"，便去入伍生部，"下令驻省之入伍生团营执行逮捕"，当日第二团即逮捕20余人，翌日又补捕40余人。第一团亦于接令之日一次完成逮捕200余人，至15日天明7时，方鼎英见市内入伍生团营按他的计划执行，"始得回校，要在当时举行清党，已经措手不及了"，乃与校内"负责长官再三商量"校本部的"清党"反共办法。

熊雄作为我党在黄埔军校的主要负责人，口碑极好，才华出众，善于处理各种关系，善于团结各方面的人员，引起了国民党反动派的极大恐慌，成了国民党"清党"对象中最为重要的人物。4月15日清晨，熊雄已知省总工会、省农民协会等社会团体均被抢劫查封，工农纠察队已被缴械，共产党员及各组织的干部均遭逮捕和枪杀等情况。根据中共广东区委军委留守处"保持镇静，提高警惕，等候中央指示"的通知，与政治部的共产党员商量，并秘密通知一部分党团员离开军校。这时，熊雄的七弟宽和（任远）在省港罢工委员会纠察总队任职也无消息，熊雄着政治部总务科职员黄某（宜丰人）携款200元去市内打听他七弟的下落。可是广州市内一夜之间竟变成了恐怖世界，大街小巷遍地尸体，搜捕的军警见到蓄短发、穿西装、外乡口音的便严厉盘问，黄某见此景状，便搭船去了上海。

4月15日凌晨，钱大钧通知方鼎英将本校捣乱的共产分子加以监视逮捕，方鼎英即布置"清党"。当晚，方鼎英请熊雄在黄埔海关楼谈话，劝熊雄出国。熊雄听后，很沉痛地说："这次清党，乃蒋的蓄谋。蒋介石甘作孙中山先生的叛徒，违反中山先生的三大政策，背弃中山先生的遗嘱，竟敢置北伐大敌于不顾，而作出如此自断手足的清党举动，破坏革命。这种置北伐大局于不顾，自掘坟墓的勾当，将是白费心机，最为可耻！"他又说："钱大钧本是以前与我共同为了反对北洋军阀，亡命日本，卖报过苦生活的患难朋友，今亦为虎作伥。我真认错了人！恨不得食其肉寝其皮。朱家骅乃党棍之流，更不足道。我实不忍此浩浩荡荡的北伐局面，竟败于此辈丧心病狂的反革命分子手里。我宁愿将满腔热血洒在黄埔岛上，一泄我与此辈不共戴天之恨！"方鼎英听他如此说，以为他会自杀，恐怕"打草惊蛇，激成大变"，再三劝熊雄出国。之后，他立即将谈话情形报告给蒋介石。他"深恐操之过急，造成恐怖混乱凄惨的局面"，因而等待了两天，没有采取行动。

4月16日上午9时，广东省当局在确定熊雄离校后，随即命令部队将黄埔军校包围起来，把中山舰开到校外江中，将大炮对准军校学生，抓捕军校师生200余人。

17日晚，方鼎英再次急切地找熊雄，说已经"负责长官再三商量"，一致要熊雄立即出国，并由经理部支给旅欧经费一千元。熊雄说："我是国共合作后国民党任命的黄埔军校政治部主任,至少三日后才能离开黄埔,行前必须开个大会,让我在师生面前讲话。"方鼎英口气强硬地说:"全校已做好部署,决定在明日清晨点名时宣布清党,务请即时准备出发,我派最快的校长专用小汽艇送你到沙面,去搭外轮转香港,直赴巴黎。"18日凌晨四时许,熊雄被他们骗乘小汽艇离开黄埔。汽艇行至江心,忽然"机器失灵",停下检修。监视黄埔的中山舰派人上艇,逮捕熊雄。当时有两个自称是"黄埔同学会"的暴徒企图就地杀害熊雄。艇上负责官员认为熊雄是"共产党要员",是上级下令"缉拿者",于是被投入广州市公安局监狱特别室,5月初转囚南石头监狱西楼,就在这天清晨,黄埔军校本部400多名共产党员被捕。萧楚女等优秀共产党员惨遭杀害。

南石头监狱位于珠江南岸白鹅潭畔。珠江两岸设有互为犄角的两座炮台,一为南石头炮台,原称镇南炮台;一为车歪炮台。南石头附近是一片荒坡沙滩及一些零星渔棚。民国初年将南石头炮台改成监狱,名曰惩戒场(惩教场),大门上有"惩戒场"三个字。当时,南石头监狱囚有黄埔学生、知识分子、工农活动分子等数百人。最早来的是黄埔入伍生,绝大多数都是年轻人，他们是以行军式押解来的。他们对此突发的反革命事变，毫无思想准备，不免抱有疑惑、不安、惋惜或恐怖的思想情绪。熊雄一到南石头监狱，自知为党工作时日不多，虽已身陷囹圄，仍然抓紧时间，争分夺秒地为革命而继续斗争着，利用早晚两次放风的短暂时间，同被囚的学生交谈，告诉他们，干革命总会有牺牲，团结起来争取出狱，革命最终必定胜利等道理。并说，这次事变，不是一时的风波，而是中国革命的转折点，大家要作长期斗争的打算，要组织起来，团结群众，实现"监狱是革命者的学校"，学会与敌人作斗争。又说，如果我能够出去，定当向党报告，给予你们指示；否则，你们定要千方百计，寻求与狱外党的联系。他的这种对党忠诚、顽强斗争的大无畏气概，为同狱难友们做出了榜样；他的这种大义凛然、视死如归的英勇气概，极大地鼓舞了难友们顽强斗志和坚定信心。

每次放风时，囚禁在单间的熊雄也不出来，只是站在房门边，从小窗口默默地望着从他面前走过的难友，难友也向他回以目光。一个个战友的面容在熊雄眼前闪现：赵世炎、陈延年、孙炳文、恽代英、萧楚女，以及蒋先云、许继慎、杨其纲……

一些黄埔学生还说"熊主任你也来了",他只是点点头。

一次放风时,隔着两个房间的黄埔入伍生宋时轮(际尧)经过熊雄房间门前时,从小窗口向熊雄打招呼:"我是五期入伍的,因病转到六期,参加过张庆孚(入伍生部政治教官、共产党员)召开的会议。"熊雄立即明白了宋时轮是共产党员,便约他下次谈谈狱中难友们的情况。

当时囚禁在南石头监狱的黄埔学生、入伍生等有数百人,大多是20多岁的革命分子和进步青年,大家有一种说不出来的不安和恐怖情绪,觉得自己投身革命,还没有直接同帝国主义和军阀走狗搏斗,就这样年纪轻轻地、无声无息地死去。对自己这样的悲惨结局,心中甚为惋惜,同时对于反革命者的野蛮屠杀,显示出非常的愤慨,甚至有的人在睡梦中也会惊叫起来。曾经的黄埔军校学生杨南邨回忆说:"熊老师来了,大家心底好像有了一位领头人,过去俯首待毙的苦闷情绪为之一扫。"

第六期入伍生汪希圣(后名汪德彰)才19岁,因为想不通为什么是共产党人就要抓,孙中山先生的三大政策之一不就是"联共"吗?因此心中愤愤不平,看见食堂墙壁上贴有拥护三大政策的大标语，就去把"三"字撕掉一横，说："现在逮捕共产党了，三大政策就少了一条，应该改成'两大政策'了。"因为这，他也被抓到了南石头监狱。汪希圣说，即使被关到这个掉脑袋的地方来，他也不怕，因为他是相信孙中山先生三大政策的。这天，熊雄抚摸着他的头，很亲切地说："我的老家是江西。我出来好些年了，有个儿子和你一年生的，可惜才几个月就夭折了。今天看到你，就想起了我的儿子，如果他还健在，也有你这么大了。"接着，熊雄看看周围的青年学生，提高声音说："这位小同学说得对，我们没有什么好怕的，我们是真正的革命者。现在要是有什么危险，枪毙、杀头，首先轮到的是我熊雄，大家要坚持革命。"

熊雄在狱中经常寻找机会与难友们交谈，鼓励大家。当时才19岁的宋时轮的牢房距离熊雄的牢房只有两个房间，与熊雄有过三次谈话。有一天，宋时轮向熊雄谈了狱中难友们有不安和恐怖情绪，甚至有人从梦中惊醒。熊雄没有直接回答，而是神态自然地与他交谈起来。下面是他们的一段对话：

熊雄问他："你是哪里人？"

宋时轮回答："醴陵北乡黄村人。"

"醴陵有多大？"

"有上中下三个村子，我只知道黄村的情况。"

"黄村有多大？"

"有五百多户。"

"有钱、收租、放债，做官、做大生意的有几户？"

宋时轮脱口而出："有三户。"

"有钱也放债，有田也出租，还做些生意的有多少户？"

宋时轮默默算了一下："十三四户。"

"他们十六七户男男女女有多少人口？"

"五十六七人。"

熊雄再问："还有五百户是些什么人呀？"

"都是些没有钱、没有饭吃、租田种、打零工、借借债的人……"

"他们共有多少人？"

宋时轮略略算了一下："一千五六百人，其中有讨不起老婆的单身汉，有无子无女的孤寡残废等。"

"那打起架来，谁打得赢呀？"

宋时轮毫不迟疑地说："那我们打得赢！我们人多有力气，他们人少，也没力气，我们一个人一个指头，也打得赢他们。"

"对!"熊雄说,"把没有钱没有饭吃的人联合起来,就可无敌于天下,只有贫苦大众、工人农民联合起来,才能打败他们,最后一定取得胜利。你到黄埔,就是做这件事。现在,有什么担心,有什么可怕,有什么动摇?我们是干革命的呀!大家想一想,想好,明日再说。"

熊雄严肃地接着说:"告诉大家,不要怕,要杀头,首先杀我这样的人,我不怕,你们还怕什么!你要把这些话原原本本告诉大家。"

在与宋时轮交谈的同时,熊雄也和其他黄埔学生入伍生谈过同样思想、同样内容的话。宋时轮和难友们思想豁然开朗:我们到黄埔来干什么的呀?干革命的。干革命怕什么!团结好活下去。同外边取得联系后,不安情绪、恐怖情绪,甚至某些动摇情绪,逐步在消除;革命意志、坚持斗争意识、为革命而牺牲的信念,逐步在加强。狱中的氛围起了急剧的变化。

有一天,熊雄问宋时轮:"你想清楚了没有?大家还有什么想法?"宋时轮说:"想清楚了,许多人也想清楚了。"熊雄高兴地说:"这样就好。你们同人家讲事情,要讲大家懂得的事情;同年轻人讲事情,要讲年轻人熟悉的事情,这样才会有作用,切忌讲别人听不懂又不熟悉的事情,更不能讲大话、吹牛的话。要知道人家熟悉的是什么,要看到人家在想什么,要把各人熟悉的所想的引导到当前的紧迫的问题上来——现在社会最根本的毛病是什么?在哪里?中国社会的毛病只有用革命的方法才可以治好。我们黄埔是干什么的?就是干这个事情的,就是为了没有钱用、没有饭吃的穷苦大众得到解放。"

5月17日晚上,狱方提审时,叫到熊雄的名字。熊雄意识到,广东国民党反动当局要对他下毒手了。他以革命军人镇静自若的态度高声地说:"好!我走了。"就这样地告诉同狱的难友们:"我们永别了!"难友们都静静地站在各自房门前的小窗口处默默地望着,埋藏着对战友即将被杀害的悲愤。熊雄被广东国民党刽子手杀害后,遗体装入麻袋沉入南石头监狱附近的白鹅潭内。熊雄赴刑场前不断高呼口号:"打倒列强!打倒国民党反动派!中国共产党万岁!"像一声巨雷,震破黑沉沉的夜空,一代英雄就这样被国民党杀害了。从此,熊雄结束了他光辉的一生。"人世斗争几日平,漫漫也应到黎明;听潮夜半黄埔客,充耳哭声和笑声。"这是熊雄生前留赠黄埔四期同学的一首短诗,诗中充满军人的气概,是血与火的凝练钢铁般意志的表达,这种以天下兴亡和百姓疾苦为己任的博大胸怀和共产主义必胜的坚定信念,鼓舞着他的战友和学生在革命的道路上奋勇向前!

熊雄当时在狱中还告诉宋时轮等同志:"萧楚女被枪决了,熊锐也牺牲了!"表达了他对战友们牺牲的沉痛的心情和深切的悼念。他告诉大家:"干革命总会有人牺牲,要以极少数的牺牲,去争取工农大众的幸福。"熊雄在南石头监狱大约十天的光景,还在狱中对难友进行革命形势和气节教育,鼓励战友们与反动派作斗争,要"组织起来,团结群众,巧妙斗争,迎接光明",留下了许多革命的火种。1928年,狱中难友们在共产党组织的领导下,同狱方开展了数次的静坐绝食斗争,在这些斗争的基础上,与外边的中共党组织取得了联系,在狱中组织了中国共产党的特别支部,领导难友们进行争取改善政治犯待遇的斗争。直到抗日战争爆发,在中国共产党的营救下,他们终于脱离了魔窟,重新走上了新的战斗。

由于蒋介石发动反革命政变,四处捕杀共产党员和革命群众,丧失民心,致使轰轰烈烈的反帝反封建的北伐战争中途夭折。中国共产党人在一片血雨腥风中悟出了"枪杆子里面出政权"的道理,开始了武装反对国民党的斗争。黄埔军校的学生由于选择的政治道路不同,从此由同窗变成对手。

十四、情系桑梓

　　熊雄从宜丰走出去求学,投笔从军,参加革命后,由于工作繁忙,很少回到家乡。他将国事家事系于一身,定期同国内同事好友和家庭亲戚书信联系,以了解情况、征询意见。然而当时邮递不便,书信往返一次约需两至三个月。他每次回信,除告知在外游历状况和见闻外,还要谈到自己对家庭和乡里适应社会发展的意见,并要家中把处理情况及时告诉他。

　　熊雄是我党最早重视农民运动的领导之一。中国农民协会的兴起受欧洲农民协会的影响较大,熊雄到过的国家很多,如日本、法国、德国、苏联,下面这封信是他从法国写给家乡的。从信中熊雄清醒地知道农民才是革命中坚,才是共产党组织依赖的土壤……宜丰农民协会的成立跟熊雄有很大的联系,记载宜春宜丰农民协会的资料极少,但都与熊雄有关联,不仅

他的两个亲兄弟参加了宜丰芳塘农民协会,而且宜丰芳塘农民协会的组织规模不小。熊雄的信是1921年写的,下面是信的内容:

安久兄左右:

奉中秋后二日发来手书,闻亲耗及亡妻死事。长征累我,抱恨何穷。唯有含泪奋斗,少减罪戾而已,尚何言哉!尚何言哉亲柩既停鸡形。乞瞩家居诸左右,善为守视,他年东归,当与诸左右,改葬先人于庐山,聊表一生清白耳。

家母前亦乞善为安慰为要。雄顿得友人助行入农学院数年内当不归省。游俄事尚不一定实践,望转禀家母,请勿悬念。季妹年渐长,望劝学习书算,俾减烦闷。仲晋处亦曾去书速归矣,勿念。大哥携弟侄外游,可免堕落。二哥总理家务,谨慎有余,豪爽不足,对外各事,诸望兄分力襄助为祷。五六两弟,助理家务,尽力为之,当有可观。唯恐怠性太重,难于振作,亦望兄随时开导激励也。诸甥年跻发蒙,望善教养。胡展长兄能为设账培兰,实大快事,愿兄图之。将来人类生活,渐趋实际,各处社会革命之呼声日高,即其表示农工实为中坚。兄对乡邑尽可尽力创设农会,兼办教育也。尊意何如,后乞示复。

弟雄敬上
哭亲诗三章披素泣题
一九二一年十一月二十三日于法国

熊雄在致双亲的一次信中,陈述了他对乡族关于留法学子津贴的看法:"纯欲留弟侄入学之用,以减轻家中的负担。"并就乡族已定的国内津贴,建议弟侄入天津南开学校、上海震旦大学预科、南昌心远中学或其他善校,以备西来就读。

"近感新潮,人人须谋自给,无端掠夺社会,实所不愿。""二哥及五、六弟留故园,治生产,供奉侍",建议依照社会趋向,分居独立生活为善。并告知种植树竹之法,"诸妇亦可行之,可谋自给"。

1921年年初,熊雄收到大哥春和从北京的来信,得知大哥已通过文官考试,即将分配工作。熊雄念及大哥年及四十,考取文官资格"实属壮心弥笃",亟应谨慎择职,不要随俗忤世,指出"京华宦场,最为娱怠,国势不振,实缘于此",并道出了他"伤时去国,宦情淡泊"的原因。

熊雄在致哥侄亲友的信中,更以游学国外所见所闻所思所虑,尽情地在书信中表达出来。他说现在"社会革命呼声日高","农工实为中坚",建议乡邑"尽可创设农会,兼办教育",以提高乡邑劳动者的素质,同时将他寄回的培植树竹之法传授乡人,劝导注意林业,建议二哥经理"下屋各众会",注意"村中公益事,如道路、沟渠之修理,及培植森林种种","皆可与房人商量多做,并望办一国民学校或半日学校,俾众人子弟,同沾教化也"。

1921年中,熊雄数月未得父亲手书,甚为惦念。后从友人来信中得知父亲已经谢世,甚为震惊悲痛。于收信后的第三日,赋《哭亲诗》三章,"附闻亲朋,聊写我忧"。

> 夕阳照槐末,亲友辱书还;
> 远涉重洋至,多情岂等闲。
> 何期读未卒,乔木萎故山;
> 欲哭已无泪,忧萦方寸间。
> 虫声鸣败叶,游子痛乡关;
> 大错长征铸,何时补缺残。

负笈频浮海,从军远渡河;
离情天独厚,埋恨地无多。
怕忆郴江约,怆怀风木歌;
庐山今惨淡,游子意婆娑。
暗落伤时泪,空挥挽日戈;
仰观云岫白,此恨不消磨。

遥望太行云,亲舍在何处;
追慕狄梁公,息鞭证芳素。
意气感平生,纵横明互助;
之子乡书来,哀深江南赋。
绵绵恨无极,胡予此遭遇;
天步方艰危,惆怅欲何去。

熊雄赋诗毕,并表示要"改葬先人于庐山,聊表一生清白耳"。这时,他父亲棺柩暂厝上屋村祖茔地鸡形上。他母亲1940年辞世,棺柩也浮厝新屋旁菜园中的水塘边,意待"熊雄归来"。直至1949年全国解放后,得到党和政府的资助,熊雄的双亲才得于1950年年初合葬乡间。

熊雄在《哭亲诗》中,道出了他远渡重洋未归而父亲早逝，有违郴江省亲之约，陈述他十年来从军渡河负笈浮海的经历，表示要"追慕狄梁公"，直至"息鞭证芳素"的意愿，吐露出"天步方艰危，惆怅欲何去"的心境。

熊雄尤其关心桑梓教育，一再呼吁要改善家乡的教育现状。他在给大哥熊春和的信中多次写道："吾家男女弟侄颇多，教养宜一视同仁。最好请胡展长兄设帐培兰。"胡展长，熊雄的朋友，是宜丰的饱学之士，熊雄要大哥去请胡展长到培兰书室教众弟侄，"小者专习国文，大者可兼习算术也"。熊雄不仅对自家弟侄的教育很重视，对整个下屋村的儿童也同样关心："下屋各众会，可请二哥出面经理……并望办一国民小学或半日学校，俾众人子弟，同沾教化（校能成立，可荐胡展长当教习甚佳）。"熊雄通过游学欧洲，认识到"将来人类生活，渐趋实际"，因此希望"吾家子弟及乡之青年，倘能早年得师，将来适机西游，岂非快事。胡展长兄，雄极盼其能设帐培兰"。

他在给三姐夫李安久的信中一再说，现在"社会革命呼声日高"，"农工实为中坚"，要众兄弟们"对乡邑尽力创设农会，兼办教育"。

熊雄最为关心的是七弟熊宽和及大侄子熊蕃昌，

经常督促弟弟和侄子努力学习，长大后能为国出力。七弟宽和、大侄蕃昌也没有辜负熊雄的期望，后来投身革命，熊宽和在1926年省港大罢工期间是罢工委员会纠察队的干部。

熊雄在法国留学专攻林业，是我国早期一位密切关注世界林业发展态势，致力于林业科学研究和学习，有着许多真知灼见的林业专家。他率先提出的林业是"改良乡村之要图"等重要思想，丰富和拓展了我国早期林业思想的内涵。他努力学习西方先进的林业科学知识，积极传播新兴的林业科学理论，心系家乡林业建设与发展，指导乡亲全面发展林业生产，实现家国梦想。所有这些都放射着他在关注林业、建设林业方面的重要思想光芒。他在给三姐夫李安久的信中说："弟近傍研农林，益知森林对于吾人关系甚大，盖可调气候，防风雨，养水源，除旱灾，清洁空气，健康人畜。"并希望李安久"居乡有暇，务乞注意林业，劝导乡人"，因为这项工作"实改良乡村之要图也"。不但如此，熊雄还要诸弟中能有一人分居于桐梓山庄，"一可照管种切，且可补种树竹"。熊雄还在书信之后抄录杉树、毛竹、樟树、漆树、桐树的种植法附上，"以贻在家诸弟，以益谋生之资，并乞传告乡人"。

熊雄的家信中，字里行间透溢出对家乡的热爱和对亲人的深情。今天，我们偶遇熊雄家乡芳溪镇下屋村一些老人，他们也会向我们诉说熊雄心系家乡林业的故事，还有一种说法，就是熊雄祖上十分重视林业生产，置下了一大片山林，并有着"百岭百窝"的美誉。

　　熊雄在海外求学的诗文大多反映他思念家乡故土的真挚情感，体现了他的民族大义与家国之梦。他曾在《哭亲诗三章》中写道："远涉重洋至，乡情岂等闲。虫声鸣败叶，游子痛乡关。"字里行间，涌动着对故乡不可抑制的浓情厚意和对亲人生死相依的苦恋；他还在一首《七绝·寄故园》诗中写道："回首故园何处是，海天愁思托归鸿。"是的，他的根在中国，他来自水墨江南一个叫芳溪的地方，无论何时何地都改变不了他对家乡亲人的牵挂，无论凄风苦雨都改变不了他心向革命的坚强意志！1921年在法国时，他曾在《致安久兄信》中写道："将来人类生活，渐趋实际，各处社会革命之呼声日高，即其表示。农工实为中坚，兄对乡邑可尽力创设农会，兼办教育。"深情地寄托了以实际行动创造家乡美好未来的理想和愿望，铸就了他的英雄情结和草根情怀。

十五、难忘的记忆

英雄已逝,记忆绵延。1962年,朱德元帅与黄埔军校毕业的两位上将陈奇涵、杨至诚谈话时,特别指出:"研究党的军史时,应当从这个老根上研究。"他说的"老根"就是黄埔军校。

在黄埔军校的政治舞台上,熊雄是一颗耀眼的明星、杰出的领导者。如果说,黄埔军校是中国一代将星的摇篮,那么,熊雄就是一位辛勤的园丁,为培养革命军队需要的大批军事和政治干部作出了重要贡献。这些人后来都成为中国共产党的领导干部,黄埔师生对熊雄的崇敬,不仅是出于他在军校有崇高的威信,而且更是由于他具有革命的优秀品格和高尚情操。在熊雄的教育下,许多革命志士、抗日将领纷纷走上战场,为中国人民的解放事业,为新中国的建立,立下了汗马功劳。2021年2月,经党中央批准,由中央宣传部组织，人民出版社、中共党史出版社出版的《中国共产党简史》也把熊雄列为大革命时期著名的共产党员之一。鲁迅第一次为革命党人讲课，也是应熊雄之邀而促成。黄埔记忆、熊雄记忆成为党史记忆、国家记忆、军队记忆、民族记忆和文化记忆的一部分，党和人民永远怀念他。

综观熊雄波澜壮阔的一生，他追随孙中山，讨袁失败流亡日本。为寻求救国真谛，又勤工俭学到法国、德国，与周恩来、赵世炎旅欧建党。此后在莫斯科学习军事，回国任职黄埔军校。那时世界和中国的风云人物，如列宁、托洛茨基、鲍罗廷、毛泽东、周恩来、朱德、聂荣臻、恽代英、萧楚女、陈延年、鲁迅，熊雄几乎都有接触或直接认识，有的还成为他的挚友。熊雄生前留日同学施方白，留法同学饶来杰、盛成、何长工、郑超麟、萧金芳、潘惠椿、毕修勺、周钦岳、萧复之，留德同学萧三、张申府，留俄同学曾涌泉、萧劲光、傅钟、李卓然、刘鼎、伍修权、胡越一，黄埔军校同事同学陈奇涵、李世璋、许德珩、阳翰笙、徐彬如、季方、萧克、尹伯休、黄维、李奇中、苏文钦、覃异之、廖运周、李逸民、文强、周恩寿、陈远湘、何崇校、居亦侨、李运昌、曹广化、裘树凯、唐生明、慕中岳、张文藻、郭汝瑰、靖任秋、陈修和、许光达、张宗逊、宋时轮、董益三、郑庭笈、张如屏、刘型等，都对熊雄十分怀念，感情至深，在日后熊雄胞侄熊巢生拜访时，都热情接待，并向熊巢生介绍了熊雄的生平事迹。熊雄牺牲后，他的战友、同事和学生都以不同的方式缅怀他。

（一）周恩来总理与熊雄

周恩来（1898—1976），字翔宇，曾用名伍豪等，原籍浙江绍兴，生于江苏淮安。周恩来是伟大的马克思列宁主义者，中国无产阶级革命家、政治家、军事家、外交家，是中国共产党和中华人民共和国的主要领导人和中国人民解放军主要创建人和领导人之一。

熊雄与敬爱的周恩来总理是亲密的战友，早在1922年4月，熊雄参加德国共产党后，与赵世炎、周恩来在德国筹组中国少年共产党。1925年9月，熊雄与王一飞、叶挺等20多人回到上海后，由中共中央分配广东黄埔军官学校任政治大队副大队长，协助政治部主任周恩来工作。9月下旬，任东征军总政治部秘书，在周恩来领导下工作，把东征军思想政治工作做得有声有色。1926年3月21日，中山舰事件后，熊雄到中共广东区委向周恩来汇报工作，周恩来作了重要指示。1926年10月14日，熊雄邀请周恩来到黄埔演讲《武力与民众》。二位革命先辈在长期的革命斗争中结下了深厚的战友情谊。抗日战争期间，周恩来写信给熊雄七弟熊任远（宽和），该书信今存（原文件藏中国革命博物馆）。原文如下：

任远兄大鉴：

　　来函收到。陇海路东段虽发现敌情，郑州以西并无妨碍。兄如决意去陕北，仍以早去学习为好。因迟则交通万一有断，反失良机。明后日此间有军车西去，兄决心如何？希即赐复，以便转知办事处代为准备也。

　　专复。即致
　　民族解放敬礼！

周恩来
五月
回信仍请交中

熊雄同志牺牲三十多年后，1959年周恩来总理审查中国革命展览大厅，行至黄埔军校版前时指示："宣传黄埔要宣传熊雄。"这充分肯定了熊雄同志在黄埔军校所起的作用和巨大的贡献，表达了周总理没有忘记曾经并肩作战的战友，没有忘记熊雄。以后，总理夫人邓颖超主席又重复此语，足见两位革命老前辈对熊雄铭记在心、肯定之切。1938年，在周恩来的帮助下，熊雄的七弟熊任远安排在新疆工作，解放后任江西省政府参事。

（二）熊雄与聂荣臻元帅

聂荣臻（1899—1992），字福骈，四川江津（今重庆市江津区）人。聂荣臻是久经考验的无产阶级革命家、政治家、军事家，中国人民解放军创建人之一，中华人民共和国元帅，党和国家的卓越领导人。

1925年1月，熊雄与聂荣臻等20多人受到中共中央指派到苏联红军学校学习，成为同学。同年9月中旬，熊雄与聂荣臻一同在黄埔军校工作，聂荣臻被任命为政治部秘书兼政治教官。熊雄与聂荣臻曾经在黄埔军校共事一年多，他们在黄埔军校结下了深厚友谊，在黄埔军校史上留下了不可磨灭的印迹。据聂荣臻元帅回忆："我结束勤工俭学生活，离开法国，是1924年9月22日。因为国内我们党与孙中山先生合作得很顺利，以广东为根据地的革命形势发展很快,急需大批干部,共青团旅欧区委根据这种情况,于1924年7月开了第五次代表大会,改选了执行委员会,为选送干部回国进行准备。

"向国内输送干部,先是选送少数同志直接回国,更多的是有计划地分批选调到莫斯科东方大学学习一段时间,再回国参加斗争。

"送骨干去东方大学学习,从1923年就开始了。在我们之前,已经走了两批,第一批是1923年3月,有赵世炎、王若飞、陈延年、陈乔年、熊雄等同志;第二批是1923年11月,刘伯坚等同志就是这一批走的;我是第三批,同我一起走的有李林、熊味耕、胡伦、范易、傅烈、穆青等同志,共20多人。

"在东方大学学习了大约三个月,1925年2月,根据共产国际的通知,我和其他同志一起,被抽到苏联红军学校中国班学习。当时共产国际,包括斯大林,以及中国共产党的有识之士,开始看到了中国革命中,我们党必须掌握武装的重要性,提出不仅要为中国革命培养一般工作干部,还要注意培养军事斗争干部。同时,在国内,孙中山先生接受了苏联顾问鲍罗廷的建议,在黄埔办起了军官学校,党需要一批懂军事的同志去帮助办好这所学校。我们就是在这种背景下被抽调学习军事的。

"我是第一批进红军学校学习的,叶挺同我编在一个班里。第一批学员还有熊雄、范易、颜昌颐等同志,一共二三十个人。这批人几乎都在革命斗争中牺牲了,至今在世的,只有我一个。

"1925年5月,国内爆发了著名的五卅运动,大革命形势发展很快,各方面急需干部去加强对群众运动的领导。同时,黄埔军校成立后发展也很快,需要党多派些懂军事的干部去加强,于是我们根据共产国际的决定,分批回国了。

"1925年6月底,为了满足国内大革命对干部的迫切需要,共产国际通知我们,于7月底左右回国。

"我们这一批共20多人,全是学军事的,有王一飞、叶挺、熊雄、颜昌颐、张善铭、杨善集、范易、李林、纪德福等同志。

"9月上旬我们到达上海,在上海,我们先分散住进了旅馆,以后按约定时间到中央报到。接待我们的是王若飞同志,他也是留法勤工俭学学生,在莫斯科学习过,比我们早回来一些时候,我们很熟悉。他先领我们去见陈独秀,陈独秀是赫赫有名的人物,是党中央的总书记兼组织部部长,我们的工作就由他分配。分配结果，我和叶挺、熊雄、张善铭、纪德福、杨善集等12人到南方，李林、范易等到北方，王一飞、颜昌颐被留在党中央做军委工作，由王一飞同志负责。

"我在上海前后共停留了约一个星期，分配完以后，就乘轮船到了广州。在广东区委见到了书记陈延年和周恩来等同志，战友重逢，大家很高兴。不久我就到了黄埔军校。

"我到黄埔军校大约是1925年9月中旬，熊雄同志虽与我一起分到了黄埔，但他很快就随东征军出发，到1926年初才回校任政治部副主任，接替鲁易同志的工作。1927年广东'四·一五'事变时被反动派杀害，熊雄、鲁易都是很好的同志。

"我到黄埔任政治部秘书，协助主任、副主任，直接领导政治部的组织和宣传两个科的工作，那时政治部共有工作人员20多人。

"当时黄埔军校有党团领导小组，开始由鲁易同志和我负责，以后熊雄同志东征回来，就由他任党团领导小组书记。领导小组下面设立了几个支部，有的是小组。党团员的确切数字记不清，我去的时候，党团员人数已经相当多。政治部的支部、党员人数更多。党团员身份，只有少数人公开，大部分还是秘密的。

党团活动的内容,除了搞好教学之外,最主要的是在黄埔军校的军官和学生中,进行党的宣传工作,扩大党的影响。在党团活动中另一项重要工作是发展党团员,成绩也是显著的。我们也做党团员的思想工作,组织学习等等。那时候,我几乎每周要到广州一次,向区党委汇报情况,鲍罗廷经常作形势报告,也听过毛泽东同志的报告,回来后就在党内进行传达学习。"

1984年8月,聂荣臻元帅亲自为熊雄同志题词:"熊雄烈士永远活在我们心中",表达了聂帅对熊雄的缅怀之心。2013年1月,聂荣臻元帅的女儿聂力将军,也为熊雄故居题字。

(三)熊雄与许光达大将

许光达(1908—1969),湖南长沙人,无产阶级革命家、军事家,中国人民解放军装甲兵第一任司令员,中国人民解放军大将,荣获一级八一勋章、一级独立自由勋章和一级解放勋章。许光达是熊雄在黄埔军校的学生,他深情地撰文回忆:

"熊雄同志为争取中华民族之独立与解放,惨遭国民党反革命的刽子手的杀害,已九年矣。熊雄的名字,特别在我们早期黄埔同学的脑子中是永远不忘记的。我们将沿着熊雄同志所奋斗的革命道路前进,继承他未完的事业而斗争!

"不高的身材,和蔼的容颜,刻苦耐劳的精神,讲了一遍又一遍,是那样一个不畏烦琐的教师。这就是熊雄。他告诉了我们枪杆子要瞄准帝国主义军阀,因为他们是压迫和剥削我们的敌人,不要残杀工人和农民,因为只有得到了工人农民的拥护才能得到成功。我们朋友是国际无产阶级和帮助弱小民族的苏联。他指明了我们瞄准的方向,更加鼓舞了我们沸腾的热情,使我们一直打到了长沙、南昌、武汉、南京,完全消灭了武器比我们优良、力量比我们强大的吴佩孚、孙传芳,收回了汉口、九江租界,使帝国主义者胆战心惊。这样就造成了我们黄埔的光荣震动了亚东。熊雄同志呵!假使不是你当时给了我们政治的武装,指示了前进的道路,哪里能够留下历史上的荣耀。

"1926年北伐时,熊雄同志仍留在黄埔军校(因为第六期的入伍生仍在广东),同时又是广东省委领导者之一,巩固北伐的后方。1927年蒋介石利用了反革命的孙文主义学会与所谓甘乃光主义派捣乱后方,把广州闹得乌烟瘴气,广州的国民党已经响应着蒋介石,渐进地爬入了反动的泥坑。熊雄同志一方面领导着黄埔军校的国民党特别党部继续着革命的精神。该党部于阴霾四布的广东,于四月四日召开全体党员大会,一致提出拥护当时移至武汉的国民党中央四大方案和反对破坏国共合作的反革命的广东国民党省党部的议案。同时,领导了广州的工农革命群众起来为保持已得胜利举行游行示威,反对背叛孙中山的国民党和军阀。这样,熊雄同志就遭受了敌人异常的嫉恨,而黄埔军校已在李济深军队秘密监视中。熊雄同志在'四・一五'被李济深由黄埔骗至广州而秘密地枪毙了!接着黄埔学生被缴械了!共产党员和左派国民党员被逮捕入牢了,被枪毙了,被用兵舰送至虎门海港投入海底了。国民党军阀用黄埔同学和工农群众的仇红的血水作为迎接帝国主义的洗礼。

"熊雄同志离开我们已经九年了。九年来的事迹呵,是何等令人悲愤的事迹呵!国民党的叛徒蒋介石利用了我们黄埔的光荣,而施行了残酷的血腥的统治。他要我们投降敌人,枪杆子朝着内里残杀同胞,使人民流离失所,饿莩载道,尸骨埋满了田郊!他要我们让日本帝国主义进来不要抵抗,断送了东北、华北、内蒙古,使我民族生死存亡在于旦夕!

"熊雄同志呵!我应该告诉你,我们黄埔同学并不都是狼心狗肺没有人性的，我们曾是为革命而投笔从戎，也曾经站在革命的最前线，建立不少的功勋。虽有极少数的分子被利禄所熏心而甘于认贼作父，但我们绝大多数的学生并没有失掉革命的本性，没有忘掉我们的初衷。蒋介石在'准备抗日'以'服从为天职'的口号下，虽一时模糊了少数同学意识，但事实终究是揭穿了蒋介石的面具，我们已经觉醒了。

"我们学生中更有不少英明的先进战士，像徐向前等，他们创造和领导了红军，始终如一地在进行着艰苦英勇的斗争，这是特别值得我们鼓舞和兴奋的！

"在蒋介石统治下的黄埔同学们及在红军里的黄埔同学们！我们一致地团结起来呵！我们的枪杆子准准地瞄着敌人，在抗日民族革命战争的沙场上，来恢复我黄埔固有的光荣，以奠熊雄同志的英灵！"

（四）熊雄与开国上将张宗逊

张宗逊（1908—1998）曾任中国人民解放军革命军事委员会副总参谋长兼军委军校部部长、总后勤部长等职。1926年张宗逊考入黄埔军校政治科，不久转入中国共产党。张宗逊上将在解放军出版社出版的回忆录中写道："1925年冬，中共中央通告各地党团组织,选派党团员到广东黄埔陆军军官学校学习。那年暑期我已经从赤水职业学校毕业。王尚德得知黄埔军校在河南开封招生,就通知赤水团特别支部,派我和姚俊明前去报名。他为我们筹足了路费,办好了团组织介绍信,行前语重心长地嘱咐我们说:'你们是团员,不论什么时候都要做个光荣的先锋战士。'

"1926年1月,我们怀着学好本领、献身革命的热切愿望从家乡出发。宗适怀着既高兴又难舍的心情,伴送我走到赤水镇以东的遇仙桥上,他叮嘱我,革命要注意学习社会科学,要为社会进步、国家富强、人民幸福奋斗到底。我们分手时,他一直站在桥上望着我远去,万万没有想到这竟是我们同胞弟兄的最后离别。

"我到黄埔军校报到后,被编入第五期入伍生二团二营五连。黄埔军校本部在黄埔岛上,岛上有长洲要塞,南临虎门,是控制珠江口和拱卫广州的门口。我们入伍生团则驻在广州市近郊沙河镇的旧兵营里,在那里进行军事训练。

"黄埔陆军军官学校,是孙中山先生在共产国际和中国共产党的帮助下,在1924年5月创建的。目的是培养革命的军事与政治人才,以军校学生为骨干组建国民革命军，用武装推翻帝国主义和封建军阀在中国的统治，来完成国民革命。中国共产党许多杰出的领导人都曾在黄埔军校担任领导工作或任教，如周恩来和熊雄先后担任军校政治部主任，恽代英曾任政治总教官，聂荣臻、萧楚女、张秋人等曾任职政治教官，叶剑英曾任教授部副主任。共产党还选派了不少党团员到军校学习，黄埔第一期学员中就有徐向前、陈赓、蒋先云、周逸群、左权、许继慎、周士第等同志，他们当时都是军校革命的骨干力量和活动分子。在1923年到1927年的大革命时期，黄埔军校中的中共党员和青年团员发扬'黄埔精神'，在统一和巩固广东革命根据地的几次战争中，在两次北伐战争中，都以身先士卒、冲锋在前、英勇善战闻名，对保证革命战争取得胜利起了重要作用。

"建校初期，孙中山先生亲自兼任军校总理，伪装革命的蒋介石被委任为校长，第一任国民党党代表是国民党左派领袖廖仲恺。1925年8月20日，廖仲恺被反革命分子刺杀捐躯，国民党中央执行委员会推举汪精卫继任党代表。

"中国共产党在黄埔军校只有党的组织，没有青年团组织，我一到黄埔军校报到，党组织即通知我由共青团员转为中共正式党员。五连学员中有中共党员五人，即余陶、廖昆、葛志坚、姚俊明和我，小组长是余陶，由于随政治科到了武汉，避过了那场惨祸。"

（五）熊雄与宋时轮上将

宋时轮（1907—1991），湖南醴陵人。1925年入黄埔军校学习，1926年加入共青团，1927年转入中国共产党，1929年参加中国工农红军。1982年、1987年先后当选为中顾委常委，任中共第八、十届中央候补委员，第十一届中央委员，中共十三大代表。1955年被授予上将军衔。

宋时轮是熊雄在黄埔军校的学生，熊雄与宋时轮在狱中同为难友，在狱中斗争中结下了深厚的友谊，他深情地撰文缅怀熊雄："在南石头狱中，熊雄同我有过两到三次的谈话。这些谈话，至今已有五十五年，我都历历在目，难以忘记。熊雄同志告诉我们：干革命总会有牺牲的。我们在同一狱中生活了十天左右，他的那种对革命无限忠诚、坚定自若、坚贞不屈、临危不惧、视死如归的英雄气概，对我影响至深。熊雄同志对人民群众的无限忠诚和伟大共产主义思想情操，我们永远怀念他！"

（六）熊雄与陈奇涵上将

陈奇涵（1897—1981），号圣涯，江西兴国人，无产阶级革命家、军事家。新中国成立后，任江西省军区第一任司令员，后任中国人民解放军军事法院院长，最高人民法院副院长。1955年被授予上将军衔。

陈奇涵是江西老表，与熊雄是老乡。1925年跟随周恩来、熊雄等率黄埔学生队两次东征，讨伐军阀陈炯明。后进入黄埔军校，与熊雄共事，历任学生队长、连长、政治大队长，与熊雄工作交往较多。1953年陈奇涵为熊雄瓷像题词：

熊雄同志永垂不朽——陈奇涵

黄埔军校政治部主任熊雄同志，他不但是一个马列主义的理论家，并且是一个马列主义的诚笃的实践者，凡属与他接触，特别是受到他的熏陶的人，都深深了解他的对于革命的无限忠诚，而深为敬仰的。因此，也就引起了反动派的嫉视和仇恨，竟于1927年"四·一五"被捕暗杀，做了党国的牺牲者。他的精神是永垂不朽的！

（七）熊雄与许德珩副委员长

许德珩（1890—1990）是九三学社的主要创始人，忠诚的共产主义战士，曾任全国政协副主席，全国人大常委会副委员长。1927年熊雄担任黄埔军校政治部主任时，邀请在中山大学教书的许德珩到黄埔军校任教，二人在工作中结下了深厚友谊。许德珩曾撰文追忆熊雄：

"第一次国共合作以后，大好的革命形势，在法国勤工俭学的我再也按捺不住归国的急切心情，便于1927年年初毅然回到了大革命的中心广州。我一到广州，立刻感到气象一新，北伐战争不断胜利，工农运动日益高涨，革命的军民欢欣鼓舞，大人小孩都要唱：'打倒列强！铲除军阀！'由于我的老师蔡元培先生的推荐，我到中山大学教书。以后，黄埔军校政治部主任熊雄又邀我去黄埔教书。

"黄埔军校的建立，是在中国共产党倡议、推动和共产国际帮助下，和孙中山先生三方面经过决定下来的。它是国共合作的产物。1924年秋冬之交，担任中共两广区委委员长的周恩来来到黄埔军校担任政治部主任职务，开拓了黄埔的新局面。黄埔军校不同于其他军事学校的一个重要特点,它除了步炮工辎等科外,还有一个事实上由共产党掌握的政治科。这个科学员也多,产生的影响也大,培养出来的人一般都是担任连党代表,有的还升为营或团的党代表。这个科归政治部领导。政治部还负责全校各科的政治教育和政治工作,政治教官大多数是共产党员,还有国民党左派和进步人士,也都归政治部领导。所以共产党在黄埔军校力量和影响是很大的。

"继周恩来之后,熊雄担任政治部主任,做了很多工作,取得了很大的成绩。'三·二〇'事件以后,恽代英任政治主任教官,以后担任这一工作的有刘侃元、孙炳文等。

"熊雄和我在法国巴黎同学,我们建立了友谊。他听说我在中山大学任教,而且教得还不错,便约请我到黄埔去演讲。随后聘我作黄埔军校的政治教官,教授'社会主义史'。第一讲是巴黎公社,第二讲是十月革命,第三讲是德国革命……我对巴黎公社的英雄很崇敬,1920年我一到巴黎,就去了巴黎公社墙参观凭吊。我在黄埔讲课时,每周和熊雄见面三次。我们讲授政治课,经常进行教学总结,每周一次。这种做法非常好的。总结教学时,熊雄、萧楚女、孙炳文、熊锐、黄松龄、欧阳继修、刘侃元、张庆孚、郑伯奇等政治教官都在一起开会。我们搞得很好，很团结。

"熊雄曾参加辛亥革命、癸丑之役和护国护法战争。到过日本，在法国、德国和苏联学习过。1922年加入共产党。1925年回国后参加第二次东征，协助周恩来主任工作。1926年初担任黄埔军校政治部主任。对党非常忠诚，对同志对朋友非常热情。他对于国民党右派越来越露骨的反革命活动，以大无畏精神坚决与之斗争。同时又秘密转移党团员和进步人士。1927年下旬的一天，何思敬忽然跑到大钟楼我住的宿舍告诉我：广东军阀当局要捕人，黑名单上有你的名字。接着，当年我在北大的一位同学也告诉了同样的消息。于是我就到黄埔去问熊雄。他也说：'听到这样的消息。'我问：'怎么办？'他说：'走！快走！我们也要走！'3月29日纪念黄花岗七十二烈士时，我还在演讲。之后我悄悄离开广州，转道香港到上海。此前，我同熊雄谈到，在法国，李维汉等人要我加入共产主义组织，当时考虑到在国外学习，没有回答这件事，现在我要求加入中国共产党。熊雄当即热情地说：'欢迎！欢迎！'没有想到几天之后我匆匆离开广州，这次分离竟成了永别。

"癸丑之役前,我是中学生,李烈钧要我到他处做几个月的秘书,湖口独立时,我的中学老师胡期焕会英文,分配作联络旗手,一次旗语打错了,李烈钧下令把他杀了,我便辞职抗议。这时,熊雄也是李烈钧部学兵团的积极分子。可是我们互不认识,只是后来谈到过此事。

"4月4日我到上海,正是陈独秀、汪精卫宣言见报,我去见周恩来、赵世炎、陈延年等同志。他们对我说:'上海风声很紧,很快就要打起来。'12日清晨,赵世炎对我说:'怕有变化,你得早走。'于是当晚便与黄日葵乘船去武汉。在九江,我单独下船去看母亲。16日再乘船西上。在武汉我收到中山大学17日解聘我的电报。我想到在广州一道工作的同志,便去询问恽代英。他沉痛地说,广东军阀当局4月15日发动了广州反革命大屠杀,熊雄、萧楚女、熊锐等同志牺牲了,孙炳文同志在上海被杀害了。事后闻说,熊雄同志指责国民党右派行为是反革命,并气愤地说:'我要去找他们这些人!'熊雄、萧楚女、孙炳文、熊锐这几位牺牲了的同志,是多么好的人呵!我非常钦佩他们,我一直在怀念他们。"

（八）熊雄与李逸民少将

开国少将李逸民（1904—1982）建国后曾任《解放军报》总编辑，中国人民解放军总政治部文化部部长，总参谋部政治部顾问。他是熊雄在黄埔军校四期的学生，据他回忆：

"1925年9月，我们从上海到了广州，持郭伯和（上海党组织的一位负责人）的介绍信去黄埔军校找熊雄。熊雄在校本部热情地接待了我们，并让他的秘书麻植来照料我们。十月，我们考取了黄埔军校，并被编入第四期入伍生二团。二次东征，入伍生二团开赴惠州。任务是担任警戒，消灭散兵游勇，维持地方治安，在惠州，我们住了四个月。由于孙文主义学会分子的捣乱，入伍生内部开始分化。熊雄早在惠州，他是随部队来的。我们来到惠州的第三日，熊雄就派麻植找我和季步高（我的表弟，1929年牺牲于广州），并把我们领到惠州城内湖边。熊雄征询我们加入共产党的事，我们同意。介绍人是熊雄和麻植。次日，熊雄找我们谈话，详谈共产党性质、党员义务和权利，鼓励加强学习，做优秀的共产主义战士。并告诉每月交两角钱的党费和保守党的机密。以后我在熊雄办公的地方认识了温州同乡、共产党员姚成武。

"'三·二〇'事件以后的一个晚上,蒋介石来军校向学生训话,台下乱哄哄的,王襄同学站起来质问:'汪党代表到哪里去了?'这一突然质问,使得蒋站在台上非常难堪,但却得到全场到会的鼓掌。熊雄后来说要共产党员等待党的命令,千万不要擅自行动。当晚,熊雄便向周恩来作了汇报,认为王襄同学在会上提的问题不策略,于工作不利,并要各党小组就此事进行讨论,要服从命令,遵守纪律。

"四期毕业后,我留校工作,在政治部编校刊,负责国际版。当时《黄埔日刊》的编辑有安体诚、宋云彬、尹柏休和我四人。

"军校共产党特委是组织严密、纪律性强的坚强集体,步调完全一致,战斗力也很强,上级一有指示,很快就传达到每个党员。党的组织生活也很严格,每周星期六下午或晚上都开会。政治部党支部书记是饶来杰。(按:访问者问过饶竞群[来杰],饶老说,政治部党支部书记是杨其纲,他是政治部秘书。我是军校的中共广东区委的特派员、军校中共党团员,负责全校党的组织工作。)我们政治部的共产党员,到大革命后,经受了考验,有的壮烈牺牲,有的还在战斗。

"当时军校的国民党特别党部每期改选一次。第五期的特别党部执、监委中有五六个共产党员,何昆同志是主管宣传的执委,1927年'四·一五'事变中也牺牲了。军校新建了一个俱乐部,能容纳三千人,常开文艺晚会。最受欢迎的是印尼归侨紫罗兰的舞蹈。

"1927年3月,形势恶化,谣言四起。政治部一百多共产党员,也没有听到党内的传达。政治教官不去上课,议论准备离开军校。政治部党支部开过一次大会,熊雄、杨其纲、安体诚等谈了当前的紧张局势,而没有得到党的指示,强调要遵守纪律,听从党的命令,不要个人自由行动。大家怀着为革命前途担忧的沉重心情,而想不出任何应对措施。会后,何昆要我找熊雄,要熊雄去动员代校长方鼎英出面组织武装暴动,并分析了当时广州李济深没有什么军队等情况。熊雄听我说过后,在房间内踱了一会儿对我说:'当前问题是很严重。我怕方不会答应,我去试试。'过了一会儿,熊雄回来,摇摇头对我说:'方鼎英不同意,说:"国共两党在前方发生一些误会,以后还要合作的,至于暴动,十年前还可以,现在不行了啰!"'我急急地问:'那怎么办?'熊雄接着说:'看看事态发展再说。'于是我将这些情况同何昆他们说了。

"4月14日晚上,李济深从上海回来,立即布置搞政变。于是广州晚上戒严,黄埔海面也有军舰监视,15日晨,市内开始了反革命大屠杀。以后,方鼎英找熊雄谈了一次。熊雄回来开了政治部党支部的干部会,以沉重的心情向我们谈了谈话内容。方鼎英说:'国共两党在前方发生了误会,你要马上离开黄埔去香港。'熊雄说:'我不能随便离开黄埔。我必须听党中央的命令,因我是党中央派来军校工作的。军校政治部主任也是国民政府正式委任的。如果要我离开也必须召开全校师生大会。我要在会上讲话,光明磊落地离开。你们怎么办?要听区委命令,谁也不能离开。要通知五期中的党员,坚守岗位学习,不要轻易离开。'这时,大家议论纷纷,我同安体诚商量劝熊雄离开军校。熊雄说:'你们是来劝我走的吧!'安说:'对!不走,肯定要出问题。'熊坚持要次日走,要集合全校师生告个别,并向杨其纲交代了一下。次日开完大会后,杨、安、饶、宋云彬和我等都到码头送熊雄上电动船。后闻船至河中,被监视黄埔的军舰扣留,随即遭到李济深当局逮捕和杀害。

"送熊雄回来后,我们问杨其纲:'怎么办?'杨说:'你们都可以离开,我不能走,准备留到最后。'

于是他给我们开了介绍信,我们先后离开黄埔,安体诚到上海被捕遇害了,杨其纲在军校被捕牺牲了。"

(九)熊雄与清华大学教授刘弄潮

1927年1月,刘弄潮教授(1905—1988)被任命为黄埔军校政治教官,与熊雄见过三次面,有过三次交谈,据刘教授回忆:"从这三次交谈中,使我感觉到:熊雄对待同志、对待革命是认真负责、细致周密的,外表严肃沉着,内心满腔热情。我初去黄埔,他就直率详尽地介绍当前和黄埔的情况。一旦知道鲁迅到广州来就考虑请他讲演,不仅表明了熊雄对鲁迅的了解与仰慕心情,而且考虑了鲁迅的影响和做黄埔的工作,当鲁迅听到我受熊雄、孙炳文之托请他讲演时,鲁迅当即回答:'去!怕起不了多大效果!'我说:'黄埔学生,尤其第六期,有许多是过去的大学生,听过你的课。'鲁迅便说:'革命需要我,我就去,权在革命方面,不在个人方面。'充分表示了鲁迅的谦虚而又负责态度。3月,我离开广州到武汉,住在吴玉章家里,听说,黄埔以后还派了专人去邀请鲁迅。从报纸上得知鲁迅4月8日在黄埔军校作了题为《革命时代的文学》的讲演。这是在革命紧要关头去的,可以说'受命于危难之际'。鲁迅这种大无畏精神是值得赞扬的。这个讲演对革命青年起了催化剂的作用。讲演中讲道：'有实力的人，并不开口，就杀人，被压迫的人，讲几句话，写几个字，就要被杀。'提出'闭口杀人，开口被害'的名句，举鹰与雀、猫与鼠关系来说明，在实际行动上论证了革命武装的必要性。鲁迅和熊雄、孙炳文的思想是不谋而合的，在时间斟酌上也是苦心孤诣的。同时也说明：鲁迅和熊雄、孙炳文也是志同道合的亲密战友，肝胆相照，患难之交。熊雄和我初次相识，也是赤诚相见。邀请鲁迅，又是那么认真负责。熊雄为革命的一生虽然短暂，他应放在《革命烈士传》的特殊地位来叙述。他在第一次国内革命战争的紧急关头，不愿意离开黄埔也没有离开黄埔。他知道当时斗争尖锐形势正在逐步升级，也知道武汉需要人（他去武汉是顺理成章的事）而不到武汉去。他以革命事业为重，置个人安危于不顾。他在南方活动，在黄埔活动，在大革命时代的活动，影响是全国性的。他在革命危急中坚守岗位（大家劝他离开广州而没有离开），当仁不让，临危不惧。他像高山青松，挺立在人们心中，他是江西人，我是不会忘记他的。"

（十）熊雄与张如屏政委

张如屏（1907—1983）是熊雄在黄埔军校的第六期学生，曾任中共江西省袁州地委书记，袁州军分区政委，湖北省政协副主席。据他回忆熊雄就义前的情景："五月的一个夜间，熊雄等同志走出牢房，不断高呼：'打倒列强！打倒国民党反动派！中国共产党万岁！'这些同志慷慨就义英勇牺牲的高大革命形象，长久铭刻在我们记忆中。这些口号也吓得反动派魂飞魄散，后来凡在枪杀我们的同志时，刽子手便用棉花破布塞满被害同志的口腔，不让喊出声来。但是一到夜间，只要听到看守叫仓号声、开门声、走路脚镣响声和枪声，就会知道我们又有一个同志为革命遇难了。

"熊雄同志就义之前，经常找个别人交谈，进行教育，鼓舞难友们的斗志，要求难友们组织起来，坚持斗争。这些谈话有力地启发和增强了我们的信心和力量。我们针对难友的情绪，在共产党员的带领下，同监狱种种严刑、折磨、诈骗、威胁和摧残进行了一些斗争。在斗争胜利的基础上，杨大朴、刘光、陈熙年、郭成荣、吕怀义同志通过各种关系，利用一切机会，秘密地了解和审查共产党员在狱中的表现，把立场坚定、敢于斗争的党员组织起来，成立了狱中的党支部。党支部通过各种形式，向我们进行教育，提高我们的觉悟，领导难友们同监狱当局进行斗争，争取了监狱伙食有所改善、放风时间略为延长以及治病、看书、学习的权利。以后通过'拜山'（探监）和释放难友机会，和中共广州特委取得了联系。在广州暴动中，起义部队占领了公安局，烧毁了公安局内迫害、诬陷共产党员和革命人士的档案。审讯我时已无案可查。反动当局不得不将我们判处短期徒刑。我们不少同志刑满离开监狱，千辛万苦找到党组织，重新投入革命斗争中去。崇高的革命理想是坚定我们信心的源泉和力量。革命的道路是艰难曲折的。多少优秀的同志已为革命献出了宝贵的生命。干革命就是要有前赴后继、死无所惧的大无畏精神，在任何困难面前都不动摇对马克思主义和无产阶级革命事业的坚定信念。"

（十一）熊雄与阳翰笙

阳翰笙（原名欧阳继修）（1902—1993）曾担任中央军事政治学校入伍生政治部秘书、政治教官、中共党支部书记和熊雄秘书，建国后曾担任总理办公室副主任，全国文联党组书记，中国人民对外友好协会

副会长。大革命时期,阳老是熊雄部下,据阳老回忆:
"熊雄是大革命时期1926至1927年黄埔军校政治部主任,军校的中共党团书记,同时又是中共广东区委委员,是继周恩来之后广东区委军委的负责人。

"他在军校威望很高,本人品德高尚,待人诚恳耿直,深受学生爱戴,他贯彻中共广东区委的指示坚决认真,深为区委书记陈延年器重,因而,陈延年将黄埔的工作交付于他,他忠于职守,每周星期日必到区委汇报军校的工作,同时接受区委对军校工作的指示,或者和军校师生中的共产党员、共青团员一道参加区委召开的党团活动分子会议和听区委负责同志的报告。

"他在军校的军阶是领中将衔,据说,他是日本士官学校的学生,比蒋介石还高两期。他参加过辛亥革命和湖口起义,多年在孙中山领导的革命军队中工作。以后赴法勤工俭学,并到苏联学习,是我们党早期著名的军事活动家,在1927年广州'四·一五'政变中,他对反革命的本性估计不足,认为对他这样的人不敢加害,结果却以身殉职。

"那时,我在入伍生部政治部任秘书,同时是入伍生部中共党组织负责人,兼任政治教官。工作地点在广州市郊沙河，而住在广州市内长堤，入伍生部部长方鼎英，同时又是军校教育长，黄埔'清党'是方一手搞的。"

十六、永远的丰碑

2022年8月16日,习近平总书记在辽沈战役纪念馆亲切会见老战士老同志和革命烈士亲属时指出:"红色江山来之不易,守好江山责任重大。要讲好党的故事、革命的故事、英雄的故事,把红色基因传承下去,确保红色江山后继有人、代代相传。"习近平总书记在2021年2月20日党史学习教育动员大会上指出:"在一百年的非凡奋斗历程中,一代又一代中国共产党人顽强拼搏、不懈奋斗,涌现了一大批视死如归的革命烈士、一大批顽强奋斗的英雄人物、一大批忘我奉献的先进模范,形成了井冈山精神、长征精神、遵义会议精神、延安精神、西柏坡精神、红岩精神、抗美援朝精神、'两弹一星'精神、特区精神、抗洪精神、抗震救灾精神、抗疫精神等伟大精神,构筑起了中国共产党人的精神谱系,为我们立党兴党强党提供了丰厚滋养。"中国共产党经历了由小到大由弱到强的发展过程，我们党现在拥有9000多万共产党员，要在习近平总书记的领导下，把中国的改革开放和现代化事业推向前进。但是我们不能忘记初心，不能忘记革命前辈浴血奋战、流血牺牲的革命精神。他们是国家的精英，民族的脊梁，革命的英雄。熊雄同志是中国共产党早期无产阶级革命家，在黄埔军校身居高位，为了共产党人的信仰和革命事业，把生的希望留给学生和社会民主人士，把坐牢杀头的危险留给自己，临危不惧、高压不屈，生命不息、战斗不止，革命理想高于天，这是多么崇高的思想啊！

英雄是民族最闪亮的坐标。纵观熊雄一生，他少年求学、青年当兵、留学国外、黄埔建业，其一生是革命的一生，战斗的一生，光辉的一生。梳理熊雄的人生轨迹，可以发现他19岁起就投笔从戎，追随孙中山先生等参加辛亥革命和湖口讨袁起义、反袁护国护法战争，是民主革命的先驱。后又远涉重洋，到了欧洲。中国共产党成立不到一年，他就加入了共产党，是江西省宜春市第一个加入中国共产党的人。并与周恩来等革命者发起组建了旅欧中国少年共产党，后赴莫斯科学习，回国后受中共中央安排在黄埔军校工作，任政治总教官,不久参加第二次东征,任东征军总指挥部政治部秘书长,同时任东征军党支部书记。战事结束回到黄埔军校,任军校政治部副主任、代主任、主任,并在党内任中共广东区委执委、军事部长、军委书记、中共黄埔军校党团书记。尽管他的一生很短暂,但是他用生命燃起革命的烈火,成为中国共产党人在黄埔军校的砥柱中流,为中国人民的解放事业作出了杰出的、不可磨灭的贡献,在中国共产党党史和军史上享有崇高的历史地位。

熊雄革命精神永放光芒。熊雄革命精神内涵丰富、博大精深,其中贯穿的一条主线,就是为人民谋解放、为民族谋复兴。其主要内容包括:追求真理,坚守理想;践行初心,担当使命;顾全大局,勇于担当;敢于斗争,善于斗争;对党忠诚,不怕牺牲等方面。这是中国共产党人精神谱系的重要组成部分,也是我们中华民族最闪亮的坐标。熊雄之所以拥有震撼人心伟大革命情操,归根结底是共产党人信仰给了他坚定的力量。追求真理、坚定共产党人的信仰是熊雄革命精神的灵魂所在。在他眼里,崇高的信仰不是口号、不是标榜,而是用一生斗争始终坚持光亮,不仅感动了历史,而且也感动无数后人。

熊雄同志一生追求进步、追求真理。他由一个资产阶级民主革命者成长为一个共产主义者，经历了多次艰辛的探索、痛苦的失望、严肃的反思、虚心的学习的旅程。他参加过辛亥革命，参加过讨伐袁世凯的革命，参加过孙中山的中华革命党和孙中山领导的护国护法运动，但丝毫改变不了中国半殖民地半封建的悲惨状况。熊雄同志满怀忧愤，在俄国十月革命和我国"五四运动"的影响下，毅然放弃优裕的上校军官的生活到法国勤工俭学，探索改造中国的理论和道路，终于找到了马克思列宁主义，加入了共产党。

熊雄家境殷实，离家别妻，毅然投身革命，矢志不渝地追求进步、追求真理。他在青年时代起就善于思考，胸怀大志，不断寻求探索救国救民之道，具有共产党人的家国情怀。在成长过程中，有过失望，有过反思，但更多的是为了党和崇高事业努力和奋斗。这种精神和风范，是我们共产党人的一笔宝贵精神财富，值得我们每一个共产党人和年轻一代好好学习。

熊雄在白色恐怖面前不惧怕，坚定站在党的立场上与国民党反动派作斗争，即使在方鼎英向熊雄说明了"清党"实情并"劝"其出国时，熊雄还大义凛然地说："我实不忍此浩浩荡荡的北伐局面，竟败于此辈丧心病狂的反革命分子手中。我宁愿将满腔热血洒在黄埔岛上，一泄我誓与此辈不共戴天之恨。"敢于斗争、不怕牺牲是熊雄革命精神的底色所在，其英雄气概惊天地泣鬼神，是革命不竭的动力。他始终以天下兴亡为己任，胸怀大志，坚信共产主义远大理想必将胜利。正因如此，所以他能够把个人的一切无条件地献给为之奋斗的革命事业。他说："为革命而死，便于革命有贡献。"他把革命信仰看得高于生命，英雄气概震撼人心！

习近平总书记指出："历史是最好的教科书。"习近平总书记还反复强调："共和国是红色的，不能淡化这个颜色。要发挥红色资源优势，深入进行党史军史和光荣传统教育，把红色基因一代代传下去。"熊雄是我们中国共产党党史军史上的一个重要人物。熊雄传奇的一生就是一个故事。熊雄同志虽然牺牲90多年了，但永远值得我们怀念，我们要按照习近平总书记在党的二十大报告中"传承红色基因，赓续红色血脉"的重要指示精神，鼓起共产党人的精气神。

我们要像熊雄同志那样，少年立志，踏实探索，在人生道路上不断调整自己前进的方向，坚定革命信念，并为自己所认定的人生目标积极进取，奋斗终生；

我们要像熊雄同志那样，始终走在时代前列，高擎民族精神的火炬，吹响革命激情的号角；我们要像熊雄同志那样，在血与火、生与死的考验中，始终把个人价值观与共产主义理想信念联系在一起；我们要像熊雄同志那样，时刻保持清醒头脑，顾全革命大局，服从党的领导；我们要像熊雄同志那样，以党的事业为重，以他人利益为重，关心他人胜过关心自己；灵活巧妙地开展工作，紧密团结在以习近平同志为核心的党中央周围，以中国式现代化全面推进中华民族的伟大复兴。

"为有牺牲多壮志，敢教日月换新天。"100多年过去了，中国人民在中国共产党的领导下，不仅推翻了国民党反动统治，而且把我们祖国建设得繁荣昌盛，在习近平总书记领导下，党和国家以及人民军队事业取得伟大成就，发生历史性变化，一个强大的中国巍然屹立在世界的东方。我们要实现中华民族的伟大复兴，推进改革开放的强国强军之梦，不能忘记共产党人初心，不能忘记革命先烈，不能忘记熊雄。熊雄同志气壮山河地牺牲后，党和人民没有忘记他。建国后，在中央组织部、中央宣传部、中国革命博物馆、中央档案馆、《求是》杂志图书馆、中央党校图书馆、军事科学院图书馆、军事学院图书馆、北京图书馆、广东革命博物馆、广东省博物馆、广东省委党史办、江西省档案馆、江西省革命博物馆，都有熊雄事迹专版和文物保存展出，深深表明党和国家以及人民军队永远铭记这位伟大的革命家。

熊雄是中国共产党人在黄埔的一种力量和精神，他像高山青松，永远挺立在我们的心中，其革命精神具有永恒的时代价值，成为中国共产党革命精神历史长河上的一座丰碑。2018年8月29日中央电视台"新闻联播"播出《为了民族复兴·英雄烈士谱：中共在黄埔军校重要负责人——熊雄》的专集，向全国隆重介绍了熊雄的生平事迹，充分肯定了熊雄作为中共在黄埔军校重要负责人的历史地位和革命军队政治工作的奠基人、开创者及杰出领导者之一的重大贡献。人民日报、光明日报、解放日报、江西日报等新闻媒体都先后刊发熊雄事迹，2020年中共广东省纪委还曾拍过熊雄专题党史学习教育片。教育部高等教育出版社2018年出版的《中国近代史纲要》，也把熊雄列为党的早期革命重要活动家之一，让广大党员领导干部和大学生们永远记住熊雄。

2022年12月19日由全国红色基因传承研究中心、

中共江西省委统战部、中共江西省委党史研究室、江西省社会科学院，江西省黄埔军校同学会、中共宜春市委联合举办了"熊雄生平和革命实践理论研讨会"，来自全国各地的领导、专家、学者一起，共同研讨和缅怀这位伟大的革命家，激励后人为党的事业努力奋斗！熊雄曾就读的母校江西高安中学为他在校园内竖起了塑像和一条以他的名字命名的道路，以纪念这位杰出的校友。

中共江西省委党史研究室主任梅仕灿以一阕《满江红·熊雄烈士》表达对熊雄烈士的无限崇敬。词曰：

　　形胜长洲，曾云集、九州人物。更谁似、百能黑士，千秋雄杰。总理之评情意挚，同仁之悼肝肠裂。叹鹅潭、有幸纳英魂，眠忠骨。

　　精文武，崇马列。挥鸣剑，攻军阀。于成均营寨，创行新说。察事澄明心若镜，临危沉稳身如铁。到如今、把卷诵遗诗，犹悲切。

纪念是为了更好地前行。熊雄故居先后被授予宜丰县和宜春市爱国主义教育基地，2018年江西省人民政府列为重点保护文物，已成为江西各级党组织、党史学习教育基地。每天都有来自全国各地的人来参观学习，接受革命传统教育。熊雄的革命精神洗礼着无数共产党员和一代又一代年轻人的灵魂，让熊雄事迹见证后人的成长，熊雄的故乡宜丰县芳溪中心小学五年级学生熊傲月在熊雄故居留言簿上写道："你的伟大事业是我们一生也抹不掉的记忆。"

青年诗人漆定春赋诗一首：

  风吹过，记得你在培兰书屋挥毫泼墨写下的中国；
  风吹过，记得你在谈笑间爬过的百岭百窝；
  风吹过，记得黄埔军校的师生亲切地称呼您熊婆婆……
  你是火，革命的火；
  熊熊燃烧，只为把火种撒播。
  从宜丰走出，在世界的风雨中千击万磨；
  铁血丹心，只为救民救国！
  你是火，革命的火；
  熊熊燃烧，只为来照亮中国。
  从世界归来，在黄埔的风浪里奋力拼搏；
  视死如归，只为报效祖国！

啊，百年沧桑，我们不会忘，这团燃烧的火；
啊，百年风雨，我们不会忘，这面飘扬的旗；
啊，我们不能忘，不能忘，不能忘……

　　熊雄用生命和鲜血谱写了一首可歌可泣的革命史诗，是中国共产党人在实现民族复兴道路上铸就的一面不朽旗帜，他的英名和伟大事业将与日月同辉，与天地共存，在历史的长河中璀璨夺目、绚丽辉煌，引领和激励着后来人在中国共产党的旗帜下奋勇向前！

熊雄生平大事表

1892年3月11日（农历二月十三日），生于江西省宜丰县芳塘（今芳溪镇）下屋村。童年时，在家中"培兰书室"读书习武。

1907年与大哥春和一道，考取瑞州府中学堂。

1909年寒假，在家与万载卢家洲卢桂花完婚。

1910年春，首次离开江西，在南京优级师范学堂读书。是年，妻子育一男孩，数月后夭折。

1911年年初，在南昌考入江西新军的学生军。10月，参加辛亥革命的南昌起义，不久，学生军改编为学兵团后，是该团积极领导者。

1913年7月，参加湖口起义。9月，起义失败，随李烈钧等去日本。

1914年年初，在东京结识孙中山，受到孙先生的赞许。6月，参加孙中山组织的中华革命党。入东京"浩然庐"军事学校学习。

1916年春,由日本回国,在护国滇军中工作,积极投入护国战争。下半年,任护国湘军总司令部上校参谋。

1917年9月,参加护法战争。

1919年夏,辞去谭延闿上校参谋的委任。10月,介绍七弟仟远、大侄维扬及同学胡展长到云南讲武堂韶关分校学习。12月,搭法国邮轮,取道香港去法国。

1920年1月,到达巴黎,由华法教育会安排在圣·日耳曼昂莱中学补习法语。年初,与熊自难等组织"巴黎书报流通社",先后结识赵世炎、陈延年、王若飞、盛成等人。暑假,迁居巴黎拉丁区,选择学校。秋,登巴黎埃菲尔铁塔,作《登巴黎铁塔》诗。年底,与赵世炎等十余人组织"劳动学会"。

1921年年初,在法国纪龙德省罗米尔农业学校学农,并做农工。3月初,到巴黎,和劳动学会成员,印发声明及意见书,支援"二·二八"运动。3月9日,联名向华法教育会写信,详述勤工俭学学生状况,向社会呼吁。夏,父亲和妻子相继病逝。得耗次日,作《哭亲诗三章》,表示坚决含泪奋斗。秋,转入法国夏郎德省赖古龙农学院工读。

1922年3月17日,离开赖古龙农学院前往巴黎。

3月20日，由巴黎去柏林。到达后与周恩来等在中共柏林通讯员张申府家中会聚。4月，加入中国共产党。4月下旬，与周恩来等七名共产党员，写信给法国的赵世炎，促其于"五一"前完成旅欧中国少年共产党的筹建工作。春，作《独步柏林皇后湖》诗。6月，正式成为旅欧中国少年共产党（旅欧中国共产主义青年团前身）党员，代号"其光"。8月，参加中共柏林支部会议。选举周恩来为代表，出席在巴黎召开的中共旅欧支部成立大会。

1923年3月底，自柏林与赵世炎等同赴莫斯科。4月，进入莫斯科东方大学学习。9月，受中共旅莫支部指派，参加接待孙逸仙博士代表团。

1924年5月，著《读了"法国牢狱生活"之后》，对李合林枪击陈箓事件进行了全面的分析，并论述了中国青年革命的道路。

1925年2月，进入苏联工农红军军事学院（1925年11月改为伏龙芝军事学院）中国班学习，著《介绍共产主义者的恋爱观》，阐述革命青年应有的共产主义革命人生观。8月上旬，奉调回国。9月3日抵上海，被派往广州工作。9月中旬，就任黄埔军校政治总教官。10月，参加"二次东征"，任东征军总指挥部政治部秘书长，第一军中共支部书记。11月，任黄埔军校入伍生部政治部主任。

1926年1月6日，主持政治部工作。同时，参加中共广东区军委。12日，军校改组为中央军事政治学校，受任改组筹备委员。3月3日，创办《黄埔日刊》。3月16日，兼任分校主任。4月，任军校新成立的中共"党团"书记。下旬，军校成立直属国民党中央党部的特别党部筹委会受聘为筹备委员。5月22日，国民党部成立，当选为监察委员。8月13日，针对蒋介石《留别全体长官学生书》发表《对于校长"临别赠言"之说明》一文，机智地同蒋进行了一次针锋相对的斗争。下旬，著《省港罢工的面面观》。9月3日，毛泽东应邀到军校演讲。9月21日，著《军官政治研究班同学录序》。10月4日，在第四期毕业同学录上题词。10月10日，参加广州工农商学兵反帝示威大会，并发表演说，支持省港罢工工人自动结束武装封锁香港的新决定。10月14日，周恩来应邀为政治队演讲《武力与民众》。11月下旬，主持第五期政治部第一次工作会议，决定军校政治科目和政治教官人选。11月15日，举行第五期开学典礼，著《告第五期诸同学》。11月27日，特别党部改选，当选为执行委员。11月30日,第五期政治科学生队开赴武昌,行前对学生讲话,鼓励把"黄埔精神"由武昌发扬光大到全国。12月14日,代理政治部主任职权。不久,任政治部主任。

1927年1月,兼任中共广东区委军事部长,著《一年来本校之政治工作》。1月21日,为纪念列宁逝世三周年,发表了《列宁与黄埔学生》一文,号召黄埔学生做"最勇敢的列宁精神之模仿者!"2月7日,著《"二七"在国民革命中之意义》。2月24日,在欢迎第三国际代表、国际工人代表团留俄归国的同志大会上致答词。3月3日,著《纪念(黄埔日刊)一周年》,并为《黄埔日刊》周年纪念题词。3月17日接见美国旅行家福赖奇女士,答复她关于中国革命前途的提问。4月5日出席国民党特别党部全体党员大会,任大会总指导,并在会上致答——表示拥护武汉国民党二届三中全会的决议。4月8日,邀请鲁迅到军校作题为《革命时代的文学》的演讲。4月18日晨,军校校本部清党前,被反动派秘密逮捕入狱。5月初,转囚于广州南石头"惩戒场"。

1927年5月17日,被秘密杀害于南石头,时年三十五周岁。

后 记

红色基因是信仰的种子,蕴含着革命先辈的崇高理想和坚定的信念,代表着革命历史传统精神的延续。传播红色文化、传承红色基因是我们每一个共产党员的责任与义务。为了配合党史学习教育和宣传,传承红色基因,我又一次拿起笔来,系统整理和查阅了熊巢生、熊英、易敬林先生出版的《中国大革命中的熊雄》、辛增明先生的《熊雄传》《熊雄在黄埔》和李和平先生主编的《从宜丰走出的革命家熊雄》等大量史料和传记,多次深入广州黄埔军校旧址和熊雄家乡芳溪下屋村采风,前后用了三年多时间创作了本书,供大家在党史学习时参考,领略革命前辈熊雄同志的革命精神。

宜丰是湘赣边区的著名革命老区,是一块红色沃土。毛泽东、朱德等老一辈革命家在宜丰留下了光辉足迹，诞生了跨越时空的苏区精神。朱德元帅在庐山八届八中全会上对做警卫工作的我父亲就讲述了大革命时期在宜丰干革命的故事。熊雄就是这样一位大革命时期从宜丰走出的革命家，他的思想、精神、品格、诗文、功绩是中国共产党人的一笔宝贵精神财富。熊雄的名字就是一张红色的名片，永远镌刻在人民心中。最近回到家乡宜丰客居，担任熊雄研究会顾问后，我觉得更有责任和义务，把熊雄的业绩和生平传奇故事整理出来，用文学和史学相结合的形式，奉献给广大读者和年轻一代以作为精神食粮，使大家在阅读中受到红色革命传统教育。在少年时代，我就在宜丰文化馆参观过熊雄事迹展，一生难忘，熊雄的革命精神就在我心中树起了一座高大的丰碑。

在编写和创作过程中，我越来越发现，熊雄是一位践行初心使命的楷模，一生的经历就是一部厚重的历史和人生教科书。尤其是党员领导干部和年轻人领会到那种"革命理想高于天"的崇高精神境界，对自己的成长和发展一定会有启发和帮助。本书在编写过程中，中国人民解放军国防大学原宣传部部长郝广明，江西出版传媒集团原党委书记、董事长凌卫，江西省人民医院原院长易敬林教授、百花洲文艺出版社社长陈波、时任文学编辑部主任胡青松、编辑项玥鸽，中共宜春市委宣传部副部长刘丹丹，时任中共宜丰县委常委、人武部政委汤本文，高安市委党史办副主任孙晓东，中共宜丰县纪律检查委员会一室主任熊建新，宜丰县熊雄研究会熊淼如会长、熊七光副会长、漆定春秘书长、熊萍华副秘书长都给予了指导和付出了辛勤劳动，在此一并表示感谢！

《熊雄的故事》是大家集体创作的结晶，开题报告会时，中国人民大学国家发展战略研究院研究员、人大学报编审林坚博士，华东政法大学教授、博士生导师龚汝富，南昌工程学院刘飞华教授等专家和宜丰县老领导林大昌、李仁兴都积极参与，出谋献策。本书江西省百花洲文艺出版社立项后，中共江西省委党史研究室组织专家进行了认真审读，给予了较高的评价，并有针对性地提出了许多修改意见，严格把握了本书的政治方向和史实准确性。中共江西省宜丰县委、县政府、县委宣传部、县委组织部、县委党史办、县新四军及红色文化研究会和县直有关单位及熊雄同志家乡芳溪镇党委、镇政府及下屋村委会，都对本书的创作和出版给予了大力支持和帮助，表达了家乡人民对熊雄同志的崇敬和热爱，尤其是中共江西宜丰县委书记康健、宜丰县熊雄研究会会长熊淼如在百忙中为本书作序，使我深受感动。我相信，宜丰人民在党的领导下一定会有更加美好的明天，我们的红色基因一定能代代相传，永放光芒！

刘建
二〇二四年十月一日于海口